図書塔うさぎの一途な恋
TOSHOTOU USAGI NO ICHIZUNA KOI

図《と》書《しょ》塔《とう》うさぎの一《いち》途《ず》な恋《こい》

葵《あお》居《い》ゆゆ

ILLUSTRATION：古《ふる》澤《さわ》エノ

図書塔うさぎの一途な恋

LYNX ROMANCE

CONTENTS

図書塔うさぎの一途な恋

◆◆◆

これは憎しみだ。

どんな手段を用いても、受けた苦しみは返さねばならぬ。この世でもっとも強い思念は憎しみだと、書物にも書かれているとおり——私に残されているのは憎しみだけなのだから。

◆◆◆

油ランプの火が届かない壁の穴の先を覗《のぞ》き込み、チカは垂れたうさぎの耳を動かした。はるか上階で読書士たちが歩き回る音。図書塔の分厚い壁の向こう、森のかすかなざわめき。鼻を動かせば、湿った土と黴《かび》の匂いに、そわそわするような書物の匂いがいくつも混じりあって届いた。

「チカ、無理するなよ」

「大丈夫」

ランプを高く掲げてくれた背後の読書士に短く応え、チカは狭い穴の中にもぐり込んだ。重なった細かい瓦礫《がれき》をよけ、隙間に手を入れて目いっぱい腕を伸ばすと、指先に古い紙の感触が当たった。ざらついていて、でも優しい手触りはいつでも胸が躍る。手袋をしないのは、この感触が好きだからだ。

壊してしまわないよう慎重に摑《つか》んで取り出す。穴から出ると、見つけた書物は半分ほどに割れてしまった状態だった。破れそうな頁《ページ》をいくつかめくり、文字を確認する。

古びた紙に滲《にじ》んだ文字が、目覚めて声をあげはじめる。たしかな思いを込めて書かれただろう一文字一文字は、意味以上のメッセージを含んできらきらと煌《きら》めくように、チカには見えた。

時を超えてなお伝わる文章の——書物の力強さと、美しさにほうっと息が漏れる。

「恋愛小説だ」

「今の層は小説ばっかりだな」

ランプを持っていてくれた読書士はがっかり顔だ。チカは書物ならなんでも好きで、見つければ嬉《うれ》しくなってしまうけれど、小説はいくら発掘したところで、暮らしの役には立たない。かつての生活がわかると買ってくれる学者もいるが、値段は安かった。

ため息をついた読書士は、後ろでたむろしていたほかの読書士たちを振り返った。

「仕方ない、また一週間は瓦礫掘りだ。片付けてしまおう」

「チカ、役に立ちそうな書物もあるんでしょ？」

「たぶん。まだ遠くて、はっきりはわからないけど、書物はたくさんあるよ。——小説も、まだまだいっぱいあるみたい」

「ないよりマシさ。たまに高値で売れる小説だってある。小説ばっかりだと思ってたら、お宝が紛れていることだってあるしな」

手斧《ておの》を手にした読書士のひとりがそっとチカの肩に触れた。

「チカが優秀なうさぎだから、ただの瓦礫掘りでも気の持ちようが違う」

「……僕がいなくても、ここは図書塔だから、掘りさえすれば書物は出るよ」

ここは『五《ご》の島《しま》』にあるポルトカレ王国の、もっとも大切な遺跡である図書塔の最下層だ。

世界には七つの大きな島があり、図書塔のある島は五つだ。中でもポルトカレの図書塔は世界最大と言われ、四つの塔からなる。正三角形に造られた砦《とりで》壁の頂点にそれぞれ副塔があり、真ん中に一番大きな本塔がそびえている。塔と塔は空中回廊で行き来できるようになっており、赤茶の煉瓦《レンガ》でできた堂々とした佇《たたず》まいは厳粛な雰囲気だ。どの島もそうであるように、国土の大半は森に覆われているが、この図書塔は巨大な森の上まで突き抜けるほど高い。

その名のとおり、図書塔からは多くの書物が発掘される。書物はすべての要《かなめ》だ。この世のはじまりからあって、人々を目覚めさせたと言われる十三冊（ただし、見つかっているのは十二冊）の『礎《いしずえ》の書』だけでなく、すべての書物が役に立つ。さまざまな道具や薬、農業、歴史、経済、武器、数学や天文学、動物たちについて——危険な海と森が大半のこの世界で生きていくために不可欠な知識や技術が、書物には秘められている。

世界は掘り出された書物の研究によって、少しずつよい方向に変化してきた。だから危険を冒して書物を見つけ、読み解くことのできる読書士は尊敬されるし、魔物の多い森を探検しなくても書物を掘り出せる図書塔は貴重なのだ。

そうして、土や瓦礫、遺跡の中に眠っている書物を匂いや気配で探し当てられる、チカたち「うさぎ」は、読書士にとって欠かせない存在だった。

うさぎは元々は、森の奥深くに住んでいた種族なのだそうだ。基本的には人間と同じ姿だけれど、耳は頭の左右から垂れ落ちる長いかたちで、尻には短い尻尾が生えている。はるか昔、世界がひとつの大陸で、森に覆われていなかった頃には、人間に愛玩《あいがん》されていたらしい。現在では数が少なく、どの島でも珍重されている。普通は特定の読書士と契約を結び、パートナーとして書物を探す冒険に同行するのだが、チカは誰とも契約していない。幼い頃からこの図書塔に住み、塔を司《つかさど》る読書士長のセザールに育てられてきた。多くの読書士たちが働いているので、彼らの手伝いをするのが日課だった。

図書塔だから、手当たり次第に掘っても書物は出る。本来ならうさぎは必要ないのだが、読書士たちはみな優しい。

「掘れば出るんでも、見つける前にどんな本かあらかじめわかってるのはありがたいものよ。それに、気づかずに雑に掘って、うっかり駄目にすることもないわ」

本音かどうかはわからないが、労《ねぎら》ってくれているのはわかるから、チカは微笑《ほほえ》み返した。

「ありがとう。もう少し手伝うね」

「ああ、助かるよ」

チカは掘り出したばかりの書物を、隅の作業台に置いた。見上げれば、はるか上方に白い日の光が見える。もうすぐ昼だ。

（セザール様、ちゃんと起きられたかな）

今朝チカが寝台を抜け出すときには、セザールはまだ眠っていた。夜遅くまで研究や仕事をしているセザールは朝に弱い。食事もたいていは昼と夜の二回だけなのだ。もう少し身体《からだ》を大事にしてほしいのに、チカが心配しても微笑むばかりで、彼の生活が改善されたことはない。それだけ責任感が強いということだから、誇らしくはあるけれど。

(……お仕事、手伝わせてくれたらいいのに)

ため息をつきそうになって、チカは頭と垂れ耳を振った。チカだって古い文字を読むのは得意だけれど、セザールはとびきり優秀だから、チカの手伝いなどいらないのだ。彼の役に立つには、こうして塔の下で発掘作業に加わるしかない。

振り返れば、発掘が得意な読書士たちが、つるはしや斧を手に、土や木の根、瓦礫が入り混じった壁面の穴を広げている。さっきチカが小説本を取り出してきた穴だ。チカは崩された土くれを紐《ひも》のついたバケツに入れた。

満杯になると、重たくなったバケツを苦労して作業台のそばまで運ぶ。鈴を鳴らせば、上から紐を巻き上げる歯車の音が聞こえ、バケツが揺れながら持ち上がっていった。眺めていると、年嵩《としかさ》の読書士がチカを呼んだ。

「瓦礫の運び出しなんかうさぎがやることはない。いつもセザール様に怒られるだろうに」

「手伝ったほうが早く書物に辿《たど》り着けるでしょう」

チカはぎゅっと拳《こぶし》を握ってみせた。

「僕、小さいけど力はあるもん」

「だが、朝から働きどおしだろう。少し座ってな」

「大丈夫」

休憩用に置かれた椅子には一瞥《いちべつ》もくれず、空になって戻ってきたバケツを掴む。壁を掘っている読書士のそばで膝をつき、瓦礫の山を掬《すく》いはじめれば、彼らももうなにも言わなかった。

再び満杯になるまで瓦礫を集め、作業台まで戻ろうとしたチカは、階段を下りてくる人影に気づいて口を開けた。

「セザール様！」

作業していた読書士たちも、はっとしたように振り返る。狭い竪《たて》穴の壁に沿って螺旋《らせん》状に作られた急な階段を下りてきたのはセザールだった。白いローブは、彼が長《おさ》の身分にあることを表している。背の中ほどまで届く銀の長い髪が、暗い場所でも煌めくようだ。手をとめて並んだ読書士に向かって、セザールは鷹揚《おうよう》に頷《うなず》いた。

「ご苦労。もう昼が近いから、休憩にしたまえ。――チカも、おいで」

おいで、と呼んだのに、チカがバケツを置くあいだに近づいてきて手を握る。

「また私を置いて寝台を抜け出したかと思えば、手をこんなに汚して……怪我《けが》をするからやめなさいと、昨日も言っただろう。叱《しか》ってても手袋もつけないんだから」

「書物の感触も土の感触も好きだから、手は全然痛くないです。朝挨拶《あいさつ》しなかったのは、セザール様がぐっすり寝てたからですよ」

　白くたおやかなセザールの指が、土まみれのチカの指をこする。指先の小さな傷から血が滲んでいるのを見つけ、彼は眉をひそめた。

「血が出ているのに、痛くないはずがないよ。洗って手当てしなければ……さあ、摑まって」

　抱き上げられそうになり、チカは「待って」と読書士たちを振り返った。

「さっき見つけた小説、持っていってもいい？」

「ええ、もちろんよチカ。セザール様に見せて差し上げるんでしょう」

　微笑ましそうに女性の読書士が頷く。チカは台に置いていた書物を持つと、改めてセザールに抱き上げてもらった。

「今日はまだこれだけなんです。この階層は小説が多いみたい」

「小説だって貴重だよ。内容が面白《おもしろ》ければ人々に楽しんでもらえるし、いろんな情報を読み取ることもできるからね」

　かるがると片腕で抱き上げたセザールは、優しくチカの頰《ほお》に触れた。

「面白そうなら、チカが先に読んでごらん。小説、好きだろう？」

「――はい」

　淡い青の瞳で間近から見つめられると、いつも空気が薄くなったみたいに苦しくなる。目の底がじわりと熱を持ち、身体からは力が抜けてしまう。おずおずとセザールの首筋に摑まれば、大好きな彼

の匂いがして、鼻の奥まで熱いように思えた。

　セザールは耳と髪を撫《な》でてくれ、狭くて急な階段を上がっていく。下で見送る読書士たちの、ひそかな囁《ささや》き声が聞こえた。

「あんなに可愛《かわい》がっておられるなら、チカと契約したらいいのに」

「セザール様は発掘には出ないから必要ないんだろう。それより、もう三十七歳なんだから、結婚したらいい」

「うさぎなら子供も産めますしね。チカはあれだけ懐いてるんだし」

「セザール様が下りてきたとたん、花の匂いをさせてたな。もう十分大人の身体だ、恋をするのも当然さ」

「ちょっと前まであんなに小さかったのにねぇ。……契約するんでも、結婚するんでもないなら、実はセザール様の実の子ってことはないですかね？」

「似てないだろう。髪の色も目の色も、顔立ちの雰囲気も違う。赤ん坊の頃から育てると、そういう気にはならないんじゃないか？」

「でも、あのチカだぞ。セザール様の大事な養い子だとわかってたって、ふらっとくる。器量もいいが、最近じゃ色気が――」

「馬鹿《ばか》、やめとけ。うっかり耳でも撫でたらクビになるぞ」

　セザールが階段を上っていくにつれ、読書士たちの囁き声も遠くなる。うさぎでなければ聞こえない音量だから、セザールは気づいていないはずだったが、チカはいたたまれずに身じろぎした。色気。人の欲をそそるような雰囲気が本当にあればいいのだが、自分に恋愛対象としての魅力がないのはよくわかっている。ふわりとした明るい茶色の髪や、青緑色の大きな瞳、垂れたうさぎの耳、低めの身長と、どれをとっても子供っぽいのだ。身体の機能は大人になったけれど、それだけだった。

育ての親であるセザールにとっては、まだまだ子供で半人前にしか見えないのだろう。

チカは目を閉じて、セザールの首筋に顔を埋《うず》めた。涼やかな彼の体臭に混じって、花の匂い——好きな相手を前にしたときの、うさぎ特有の匂いがするのが恥ずかしい。

「セザール様。……僕、歩けます」

「疲れているだろう。朝食も少ししか食べていなかったと、食堂の読書士が言っていたよ」

「でも……その、く、くさいと思うので」

「チカはいい匂いしかしないよ」

ふふ、と笑って、セザールはチカに顔を上げさせた。

「花の香りだ。……大きくなったね、チカ」

ぼうっ、と胸が痺《しび》れた。黙っていれば氷のようだと言われるセザールの美貌は、チカに向かって微笑むとき、やわらかなあたたかさを帯びる。その顔が、チカは好きだった。愛されている、大切にされている、と実感できるから。

それが以前は誇らしくさえあったけれど、今は嬉しく思うのと同時に寂しい。花の香りがすると

——恋をしていると知っていて、セザールは決して応えてはくれないのだ。

チカは彼に口づけてほしい。抱きしめるのも、こんな子供っぽい抱かれ方でなく、大人として彼の腕におさまりたい。契りを結んで、名実ともに彼の伴侶になれたらいい。自分以外の誰かが、セザールの隣に立って仲睦《むつ》まじくするだなんて、絶対にいやだ。

いっそそう打ち明けてしまいたいのに、セザールがはぐらかしてばかりだから、「好きだ」と言うこともできないのが悲しい。

唇を噛《か》んで俯《うつむ》いたチカを抱き直し、セザールはさらに階段を上がっていく。白い光のさす地上の階に出ると、そこは正面入り口のある大広間の隅だ。全体的に窓が少なく薄暗い図書塔も、この大広間の扉の付近だけは自然光が入って明るい。窓のない後ろ半分は一面の書棚で、五階分の吹き抜けの天井まで、みっしりと書物がつめ込まれている。

大広間を忙しく動き回る塔の読書士たちが、足をとめて挨拶をよこした。抱っこされているチカに、みんな微笑ましげだった。幼子《おさなご》のように扱われているのが恥ずかしく、チカは耳を引っぱって顔を隠したが、セザールは気にした様子もなく、上へと続く昇降機に乗り込んだ。

がこんと音をたてて、柵で囲われた昇降機が上昇していく。隙間から見える人々がみるみる遠ざかり、吹き抜けを通り過ぎると、一階ごとに分厚い床が目の前を横切った。壁一面の本棚や回廊に沿っていくつもドアが並ぶ階を過ぎ、速度を落とした昇降機がとまる。塔の一番上、セザールとチカの部屋だけがある階だ。

セザールは昇降機を降りると、やっとチカを下ろした。部屋に入り、湯わかし器《サモワール》からお湯をたらいに注いで、チカの手をそこにひたした。ざっと泥を流してお湯を換え、手を細かく検分する。

「爪のあいだに土が入っているね。傷を作るのだって、今月に入ってからもう三度目だ。ひりひりするだろう？」

「大丈夫です」

「嘘《うそ》はつかなくていい。でも、明日は発掘を手伝ってはいけないよ」

手を握りしめて、セザールは顔を近づけた。額と額をあわせ、チカの目を覗き込む。

「チカの痛みは私の痛みでもある。きみの喜びが、私にとっても喜びになるように、チカが傷つけばつらいんだ。わかるね？」

「――はい」

幼い頃から、何度も言い聞かされたことだった。よじ登った書棚から落ちたときも、熱を出して寝込んだときも、額をくっつけて囁かれた言葉。言われると、自分のすべてがセザールのものになったみたいでうっとりしてしまう。

これが愛する者への言葉なら、舞い上がるほど幸せなのに。

嬉しいのと寂しいのがない混ぜになって、チカはもじもじと耳と尻尾を動かした。

「明日は、セザール様のお手伝いをしてもいい？」

「たまにはゆっくり休みなさい。小説を読んでもいいし、退屈なら楽隊に好きな曲を弾いてもらってもいい」

小さなブラシで石鹸《せっけん》を泡だて、爪のあいだも丁寧に洗いながら、セザールはチカの顔を一瞥して微笑んだ。

「そんなに不満そうな顔をしないで。明後日《あさって》になれば出かけていた読書士たちがチカの好きな花や果物を持って帰ってくるよ。出発する読書士には、新しい服の注文を頼んでおこう」

「服はいらないです。まだ着られるのがあるもの」

「来月は誕生日だ。チカも大人になるのだから、相応《ふさわ》しい服が必要だよ」

爪が綺麗《きれい》になったのを確かめ、セザールはお湯を新しくした。泡を流したあとは丹念に水気を拭き、引き出しからクリームを出して塗り込んでくれる。

長くしなやかなセザールの指が自分の指のあいだに入り込んで、チカは「ん」と息をつめた。

皮膚のやわらかい部分はくすぐったい。触れられるとうなじから背筋がちりちりするような感覚があった。揉《も》むような動きにひくりと震えが走り、チカは出そうになった声を呑《の》み込んだ。

（だめ……感じちゃだめ）

セザールに触られると、こんなふうに体温が上がっておなかの中が熱くなることがある。指のあいだやうなじ。垂れた耳の内側。腰骨の下のほう。頭に霞《かすみ》がかかったように思考が散漫になり、もっと触ってほしくてたまらなくなるのだ。

それがいけない反応なのはわかっていた。悟られないようにしたつもりが、セザールはすぐに気づいて手を離した。

「さあ、終わりだ。食事に行こう」

「はい」

頷いたが、立ち上がると身体がふらついた。股間が少し膨らんでしまっている。ズボンを押し上げているのに気づかれないよう上衣の裾を引っぱると、セザールが困ったように視線を逸《そ》らした。

「まだ疲れているかな。水を飲んで落ち着いたほうがよさそうだ」

「……大丈夫、です」

ごまかすようなセザールの口ぶりで、盛り上がった部分を見られたのだとわかる。手を洗ってもらっただけで性的に興奮したことが恥ずかしく、チカは耳の端を噛んだ。恋をしていれば仕方のない反応だと書物には書いてあったけれど、チカの気持ちに応じる気のないセザールから見れば、あさましくて迷惑なのだろう。

「ごめんなさい……」

先に下りていてください、と言おうとすると、部屋の扉が忙《せわ》しなく叩《たた》かれた。セザール様、と呼ぶのは若い読書士見習いだ。

「至急のお客様です。オラーヴォ先生がお会いしたいということですので、お通ししてもよろしいでしょうか」

「先生が？」

すっとセザールのまとう空気が硬くなった。

「いや、会わない。今日は忙しいのだ。約束もなく来られても困ると伝えてくれ」

言い終わるより先に扉が開いて、灰色の外套《がいとう》姿の老人が入ってきた。白い頭髪に白い顎髭《ひげ》をふっさり生やした背の低い彼は、眉をひそめたセザールを見上げ、穏やかな声を出す。

「約束せなんだのは急ぎだったからじゃ。どうしても伝えねばならないことがあってな。セザールも、聞かずに追い返せば後悔をする」

「――余計なお世話ですよ、先生」

セザールはため息をついたが、さすがに無理に追い出そうとはしなかった。踵《きびす》を返し、丸テーブルのそばの椅子を引く。

「お伺いしますが、チカの食事がまだなんです。手短にお願いします」

「長居はせんとも」

よっこらしょと座ったオラーヴォは、チカを見るともじゃもじゃの眉を下げて笑顔になった。

「大きくなったのう、チカ。わたしを覚えているかな？」

「はい、オラーヴォ先生。お久しぶりです」

不思議な雰囲気の老人とは、もう年齢も思い出せないほど小さい頃と、十になるかならないかの頃に会ったことがあった。読書士たちによれば国一番の学者で、国王の教師になるような立派な人らしい。セザールの恩師でもあると聞いたが、そのわりに、セザールがオラーヴォを歓迎したことはなかった。だからチカもオラーヴォに対しては身構えてしまうのだが、彼のほうはいつもチカにも優しい。おいで、と手招かれ、おずおずと近づくと、頭からつま先までじっくり眺められる。幸い、股間の膨らみはもうおさまっていた。

「そろそろ誕生日だろう。身なりも綺麗で、髪も耳も手入れしてもらっておるようだ」

「はい。いつもセザール様がやってくれます」

「セザールはわたしが思っていた以上の世話焼きだのぅ。おまえさんはセザールにとって、なにより の宝物のようだ」

肩を揺らしてオラーヴォが笑い、セザールは苛立《いらだ》たしげにチカを自分のほうに引き寄せた。

「雑談はけっこうです。急用なのでしょう、用件は？」

「そのことだがね、セザール。落ち着いて、よく考えてもらいたい」

守るようにチカの身体を抱いたセザールを、オラーヴォは観察するように見つめた。

「エンリケ王子が亡くなったのだ」

はっと息を呑むのが、背中に伝わってくる。チカはセザールの腕に触れて顔を見上げた。

現在のポルトカレ国王、フレデリコには、亡き王妃とのあいだに娘と息子がひとりずついるが、娘はすでに『二《に》の島《しま》』の貴族に嫁いでいる。エンリケ王子は次期国王になるはずだったのだから、驚くのも無理はない。だがセザールの表情は、驚きだけではないように見えた。苦いなにかをこらえるように、彼は顔を背ける。

「私には関係のないことです」

セザールとフレデリコ王は仲が悪いともっぱらの噂《うわさ》だ。だから彼はこの図書塔から一歩も出ないのだと聞いているし、国でもっとも大切な場所なのに、王からの使いが来たこともない。

オラーヴォは頑《かたく》なセザールの態度に、静かに首を横に振った。

「そういうわけにもいかぬ。いずれここにも正式な報《しら》せが来る。わたしはその前にと思って、急いで来たのだよ」

「――」

「国王はご傷心だ。ずいぶんと迷われた様子だが、残された宝を王宮に迎えると決心された」

「決心？」

憎々しげに、セザールが顔を歪《ゆが》めた。

「さすがは厚顔無恥なお方だ。ご自分の心ひとつで物事が動くとお思いか」

聞いたこともない、吐き捨てるような口調だった。チカはびくりと身を竦《すく》めたが、オラーヴォは穏やかさを崩さない。

「無論、結論は本人と、宝を守ってきた者に委ねるおつもりじゃろう。だが、後継を亡くされて落ち込んでおるのだ、一目会いたいと思うのも当然のこと」

「それが勝手だと言っているんです」

「セザール」

辛抱強く、宥《なだ》めるようにオラーヴォは教え子を呼んだ。

「はじめはどういう意図だったにせよ、ここまで慈しんできたのなら、宝にとってなにが一番いいか思いやるのもそなたの義務だ。彼には、自らについて知る権利がある」

「事実を知るのが幸せとは限りません。裏切り者が私に指図できるだなどと、思い上がらないでいただきたい」

とりつく島もなく、セザールはオラーヴォを睨《にら》みつけてドアを指さした。

「先生も、あちらに加担すると言うなら今後一切、塔への立ち入りは禁止します。——出ていってください」

「いつまでもこのまま、というわけにはいかぬと、おぬしもわかっておるだろう」

立ち上がったオラーヴォは逆らわずに戸口へと向かい、扉の前で振り返った。

「よく考えなさい、セザール。いい加減、過去の呪縛から解き放たれてもいい頃じゃ」

セザールは応えなかった。オラーヴォはしばらくセザールを見つめていたが、やがて諦めたように出ていく。ドアが閉まるとセザールはようやくチカを抱く腕をほどいた。振り返れば、どこか遠くを見てもの思いに耽《ふけ》っているようだった。

「セザール様、大丈夫ですか？」

「……ああ、大丈夫だよ。チカは昼食を食べてきなさい」

返事はするが、チカのほうは見ない。いつもならどんなに研究に集中しているときでも、必ずチカの目を見てくれるのに——背を向けると、まるで誰もいないかのように窓辺に立った。彫像のようにじっと動かない後ろ姿は声をかけられる雰囲気ではなく、チカはそっと部屋を出た。扉の閉まりかけた昇降機に、「待って」と手を伸ばす。

「僕も下ります」

中にいたオラーヴォはドアを押さえてチカを乗せてくれた。二人きりになるのは初めてだ。緊張で忙しなく尻尾が動いて、チカはきゅっと拳を握った。

「オラーヴォ先生、食事はおすみですか？　僕、まだなんです。よかったら一緒に食べませんか」

聞きたいことがいくつもあった。本当はセザールに聞くべきなのだが、質問してもはぐらかされるだろうとわかっている。国王のこと、そしてチカ自身とセザールの過去については、一度もちゃんと教えてもらったことがない。

知っているのは、王とセザールが不仲であることと、セザールが昔から優秀な読書士であること、彼はチカの本当の親ではないことの三つだけだ。「チカは知らなくていい、まだ子供だから」と言われれば食い下がれず、気にしなくていいと考えてきたけれど——セザールがあれほど怒りを露《あら》わにするのを見てしまうと、知りたい、と思う。

もう子供じゃない。もし国王が悪い人で、セザールに害をなすのなら、チカだって彼を守る手伝いがしたい。セザールと同じように、憎しみも痛みも感じたいのだ。彼が、チカに対してそうしてくれるように。

緊張して見つめるチカに、オラーヴォは頷きながら顎髭をしごいた。

「すぐにでも出発するつもりだったが、そうじゃな、食事はしていこう」

「泊まらないんですか？」

チカは行ったことがないが、一番近い村までは丸一日かかる。森には魔物が出るから、夜を越すのは危険なはずだ。だが、オラーヴォは面白そうに笑い声をたてた。

「街道にはいくつか安全な休み場がある。それにわたしは、こう見えても元読書士だ。魔物の対処には慣れておる」

「先生、読書士だったんですか？　僕、ずっと学者さんなんだと思っていました」

「学者の半分は元読書士だ。自分で書物を見つけ出すのはなにより心が躍ることじゃからね」

初めて聞く話に、チカは目を丸くした。だったら冒険もしたのだろうか。チカも、一度くらいはセザールと、書物を探す旅をしてみたい。

「この図書塔で働いていたんですか？　それとも森に探検に？　うさぎは一緒ですか？　怖い思いはしました？」

身構えていたのも忘れて矢継ぎ早に質問すると、オラーヴォはぽんと頭に手を乗せてきた。

「知りたがりなのはセザールに似たのじゃなあ。食事のあいだに答えられるだけ答えよう。ほら、着いたぞ」

がくんと昇降機が揺れてとまる。促されて降り、広い食堂に入る。調理当番の読書士に料理をよそってもらうあいだ、オラーヴォは昔のことを教えてくれた。『五の島』だけでなく、『六《ろく》の島《しま》』にも書物を探しにいったこと。数人の読書士で隊を作り、うさぎも連れていったこと。怖い思いもしたが、何倍もわくわくしたこと。

長テーブルに着くと、オラーヴォは穏やかな茶色の目を向けて切り出した。

「わたしもチカには聞きたいことがある。前に会ってからもう八年だ。最近の暮らしはどうだね？」

「僕は、読書士たちを手伝って、塔の下の発掘をしてます」

今日の献立はチカの好きな豆のスープだ。練った小麦の団子が入っていて、もちもちしておいしい。はぐ、と口に入れると、オラーヴォは優しく目尻を下げた。

「それは読書士たちも嬉しかろうな。セザールはどうしてる？」

「変わりありません。毎日優しいですし、毎日たくさんお仕事してます。外国からもしょっちゅう手紙鳥が来て、助言を頼まれているみたいです。セザール様は世界でも有名な優秀な方だから、自分のところに来てほしいと願う国もあるって、読書士たちが言ってました」

「セザールなら『二の島』でも、大読書士長になれるだろうな」

大読書士長というのは、読書士や書記士を束ねる六人の読書士長のさらに上に立つ、書物に関する仕事をする人間たちにとって一番高い身分だ。読書士は発掘と読解が仕事で、書記士は読み解かれた内容を新たに書物にまとめ、誰でも使えるようにするのが仕事だ。学者は得られた知識を体系だてたり、人に教えたりする者を指す。

「セザール様は、もしかしてオラーヴォ先生より偉いの？」

読書士と書記士、学者は密接にかかわりあっている。それぞれがどういう仕事をするかはわかっていても、社会の中での身分がどう違うのか、チカはよく知らなかった。読書士の中には、書記士や学者を馬鹿にする者もいるのだ。

「学者と読書士は違う職だから、身分の上下は場合による。今のセザールは読書士長だから、まあ同じくらいといったところかのう。ポルトカレはほかの国よりも、地位の分け方が大まかなんじゃ。そこが我が国のよい点のひとつではあるが、大事なのは身分よりも、尊敬されるかどうかだ。外国がセザールを自国に呼びたがるのは、それだけ彼を敬っているということ。——本人は、行く気はあるのかね？」

「わかりません。僕が聞くと、いつも『今は考えるときではない』って言います。行きたくないのか、それとも行きたいのに行けない理由があるのかもわからないんです」

チカとしては、連れていってもらえるならどこでもかまわない。もちろん、この図書塔にずっといるのでもいい。でも、離れ離れになるのはいやだ。そばにいなければ、痛みも喜びも分けあえない。

「……みんなセザール様のことを敬っているのに、国王様は違うんでしょうか」

ポルトカレに現在大読書士長がいないのは、一番相応しいセザールと王とのあいだに確執があるからだと、まことしやかに言われている。

だが、オラーヴォは「そんなことはない」と言った。

「フレデリコ王も、セザールのことは尊敬しておる。彼がまだ少年の頃からな」

「そんなに昔から知りあいなんですか？」

「セザールは驚くほど優秀でね。小さな町に生まれたが、神童だと騒がれて、十になる前に王都の学び舎《や》に入ることになった。そこでも優秀すぎて学ぶことがなくなって、王の教師をしていたわたしの元に来たんじゃ。フレデリコ様とは、歳《とし》は違うが学友だった」

　ということは、仲もよかったのだろう。

「じゃあ、どうして……」

　今は便りのひとつも交わさないのはなぜだろう。本来なら国のひらく議会にも、セザールは参加する立場のはずだ。まるで会うのを拒んでいるかのようなのに、国王が咎《とが》めることもない。どころか、潤沢な支援があるのは、チカの目にも明らかだった。小さな村からも離れ、森の中にぽつんと立つ図書塔は、元は遺跡だから不便も多いけれど、住み込む読書士はたくさんいる。読書士の給金はすべて国が払う。チカは直接会ったことはないが、塔を支えるさまざまな職業の人が出入りしていて、食料も、生活に必要なものも、不自由したことはない。

　質問にならないチカの呟《つぶや》きに、オラーヴォはなにも言わなかった。スープを飲み干し、真面目《まじめ》な顔でチカを見る。

「チカは、セザールのことが好きかね？」

「はい、もちろん」

「もちろん、か」

オラーヴォは寂しげな笑みを見せ、見えるはずのないセザールの姿を探すように上を見上げた。

「セザールが過去に固執して、本当に大切なことを見失わないでくれればいいのだが」

「過去……ですか？」

「憎しみだよ」

首をひとつ振って、オラーヴォはチカの手をかるく握った。

「チカは、自分の目で見て、自分の気持ちを大事にしなさい。セザールに対しても、ほかの人に対してもだ」

「？　はい」

オラーヴォの話は脈絡がないように思えたが、大事な教えのように聞こえたから、チカは素直に頷いた。もう行くよ、と立ち上がる老人を昇降機まで見送って、残った食事を食べながら、憎しみ、と呟いてみる。

チカには「憎い」という感覚がわからない。怒るのさえ自分では経験がなく、書物で読んだことしかないけれど、強くて、ときに本人をも蝕《むしば》むような、恐ろしい感情だと知ってはいる。

そんな感情をセザールが持っているのは可哀想《かわいそう》だった。助けてあげられたらいいのに、とチカは思う。少しでも苦しみがやわらぐように、手を握って寄り添ってあげたい。

セザールが憎んでいるとしたら、相手は国王なのだろう。王子が亡くなったため、彼は王に会わねばならないに違いない。王都に行くときは連れていってもらえるだろうか。

（あとで、頼んでみよう）

一日だって、チカはセザールと離れ離れにはなりたくない。


その夜、セザールはチカの部屋にやってきた。

風呂から上がったばかりだったチカは、身体を拭く布を巻きつけただけの格好で、入ってきた彼に目を丸くした。

「セザール様、どうかしましたか？」

普段は、寝支度をすませたらチカがセザールの部屋に行く。彼の寝台は大きいので、そこで二人で眠るのだ。といっても、チカだけが先に布団に入り、深夜まで読書するセザールの横顔を見ているうちに寝てしまうのだけれど――夜にセザールがチカの部屋に来ることはほとんどない。

セザールはまだ湿っている髪や耳を見て目を細め、チカを布ごと抱き上げた。

「おいで。部屋で綺麗に拭いてあげよう」

変なの、とチカは首をかしげた。あと五分もすればチカがセザールの部屋に行ったのに、迎えにきてくれる意味がわからない。寝巻もまだ着ていないのに、と思いながら隣の部屋に運ばれ、優しく寝台に下ろされた。腰かけたセザールに背中を向ける格好で、巻きつけていた布をほどかれる。

暖炉には火が入っていてあたたかいが、裸になると心許《こころもと》ない。ぴる、と尻尾が動いてしまい、チカは今にも反応しそうな股間を手で隠した。

セザールは丹念に髪と耳を拭き、ブラシをかけて湿りが気にならなくなるまで空気を含ませてくれた。終わると、チカ、と真面目な声で呼ばれる。

「本当に、大きくなったね」

振り返ったチカの肩に両手を置いたセザールは、どこか思いつめたような表情だった。

「おまえと暮らすようになってからの十八年は、私にとってもっとも幸福な時間だった。この髪も」

肩から首筋へ撫で上げたセザールの手が、掬うように髪をかき分ける。敏感な地肌に触れられて、さっと皮膚が粟立《あわだ》った。

「……ぁ、」

「この耳も」

セザールは耳の付け根を揉み、そのまま握って耳の先までしごく。熱く感じる手のひらにぶるりと震えてしまい、チカは潤んできた目をまばたいた。

「あの、セザール様……」

急にどうしたのだろう。改まってこんなことを言われるのは、オラーヴォのもたらした報せのせいだろうか。もの言いたげな、深い思いをたたえたセザールの目は普段と違って見え、少し不安だった。

じっと見据えてくる彼は、口の端に複雑な笑みを浮かべる。

「この美しい目も、チカのすべては私のものだ。見るたびに私の心を燃え上がらせる、唯一のものだよ。――私の、チカ」

半ば掠《かす》れた声で囁いたセザールに押されて、チカは仰向《あおむ》けに倒れた。

「風呂に入ったあとなのに、ずいぶんと花の香がする」

「っ、これは――」

「隠すことはないよ。チカは私のことを愛しているんだろう？」

セザールは肩から鎖骨へと、優しく撫でた。視線は腹から下腹部へとすべっていく。

「昼間も、ここを大きくしていたね」

見られた、と思うだけで、花芯はじんと痛んだ。慌てて膝を閉じたが隠せるわけもなく、チカは赤くなった。

「ごめんなさい。僕――その、」

「私に恋をしているのだから、これでいいんだよ」

ゆっくりとセザールの手が動いた。平らな胸をかるく撫で、微笑んだ顔を近づけてくる。

「好きでたまらないから、触れられると感じる。そうだね？」

「――は、い」

怒られるだろうか、と思ったが、頷くしかなかった。セザールは満足そうに目を細める。

「言ってごらん？　私のことを愛していると」

「でも……」

今までは、はぐらかすように告白させてもらえなかったのに、急にこんなことを言われるなんて不安だ。けれど、セザールは優しく頬を包み、甘くさえ聞こえる声で促した。

「チカの言葉で聞きたいんだ。言いなさい」

きっぱり命じられれば逆らえない。息を吸い込み、チカは観念して口をひらいた。

「僕は、セザール様が、好きです」

「誰よりも？」

「はい。誰よりも……愛して、います」

「そうだね、チカ。おまえが愛してくれるように、私が育てたんだ」

笑みを深くし、セザールは「いい子だ」と頭を撫でてくれた。そうして、秀麗な顔をさらに近づける。さらりと銀の髪が落ちかかり、唇が塞がれて、チカは目を見ひらいた。

これはキスだろうか。恋人同士や夫婦がする、愛情を示す行為。

驚いているうちにぬるりと熱いものが唇を割る。歯列をこじ開けて入ってきたそれと舌が触れあい、チカは呆然《ぼうぜん》としたままびくんと跳ねた。

「んーっ……！」

閉じたまぶたの裏がかっと赤くなった。入れられたのはセザールの舌だ。長いそれが巧みに動いて、チカの口の中を愛撫《あいぶ》する。歯の裏や上顎を舌先でくすぐられると、なんともいえない感覚がうなじから尾てい骨まで伝わって、全身が震えた。

「んぅ……っ、ん、……ん……っ」

唇をあわせるだけでなく、舌まで入れる口づけがあるなんて知らなかった。ちゅぷ、くちゅ、と音をさせながら何度も舌を出し入れされると、頭がぼうっとしてくる。うまく息ができないのに気持ちよくて、チカは知らず、セザールの肩にすがっていた。

「んん……っ、は、……ぁ、あ……っ」

ようやく唇が離れると、全身が熱くなっていた。浅い息をつく口は閉じることができず、端からは唾液がこぼれていた。紅潮してみっともないだろう顔を見下ろしたセザールが、唾液を拭ってくれる。

「口づけだけでとろけた顔をして、チカはいい子だね。今日はたくさん気持ちよくなるといい」

「……きもち、よく……？」

「私に抱かれるんだよ。奥まで受け入れてもらう」

低い声で囁かれたのがなにを意味するか、チカも知ってはいた。恋愛小説の中には、そうした営みを描いたものもある。本来子供を産むためのものだが、愛しあうための手段でもある、身体をつなげる行為だ。――でも、それはいけないことだから、セザールはこれまでチカの想いをはぐらかしてきたのではなかったか。

「不安がることはない。チカはただ、私に愛されて感じていればいいんだよ」

見上げたチカの目元に口づけたセザールは、両手を胸にあてがった。ぽつんとしたささやかな突起を、人差し指と親指で優しくつまむ。

「ぁ、……っ、い、いた、ぁっ」

「チカは乳首も敏感だね。感じすぎるから痛いんだろう……でも、すぐによくなる」

すりすりとこするように刺激しつつ、セザールはチカの唇にキスした。音をたてて舌を舐《な》めながら、ゆっくり乳首を引っぱられると、にぶい痛みが熱に変わっていく。痛いはずなのに気持ちいいと気づいて、チカは身をよじった。

「ん……っ、あ、セザール、さまっ、……ぁ、ぅ……っ」

「気持ちよくなってきたね。乳首がぷっくり腫れてきたよ。乳輪も小さいのに浮き出しているから、見てごらん」

言われて目が胸に向く。セザールが指をどけると、胸の二つの突起は彼が言うとおり、紅《あか》みを増して膨れていた。

「じっくり育てればもっと敏感になるだろう。チカはうさぎだから、雄でも子供が産める。ここから赤ちゃんに飲ませるお乳が出るんだよ」

「——ぁっ、や、痛いっ」

勃起した乳首を両方きゅうっと引っぱられ、ぞくぞくする痛みに背筋が反り返る。セザールはそのまま、こりこりといじり回した。

「チカがお乳を出してしまうところも、見られればいいのに」

「ぁあっ……それ、あ、ああっ、だめ、……っ」

乳首の先っぽをいじられるのはむず痒《がゆ》く、刺激がびんびんと腰に響く。かくかくっ、とみっともなく尻が跳ね上がって、チカは敷布に爪を立てた。性器がもう硬くなっている。見たこともない角度に勃《た》ったそれが、セザールの腰に当たっていた。今にもお漏らししそうでいたたまれないのに、胸が気持ちよすぎて、尻の動きがとまらない。

「セザール、様っ、トイレ、トイレ行きたい……っ」

「おや、もう出そうなの？　乳首を可愛がられるのがよほどいいんだね」

セザールはゆっくりと己の唇を舐めた。

「私が知る限り、夢精以外で出すのは初めてだね。せっかくだから一番気持ちよくなれるように、しごいてあげよう」

「ふ、……ぁ、ああッ」

じくじく疼《うず》く乳首が解放されたかと思うと、即座に性器を握り込まれ、チカは喉を反らして喘《あえ》いだ。

「離して、セザールさま、そこ、お、おしっこ、が……っ」

今にも放出してしまいそうなのに、刺激されたらひとたまりもない。チカの懇願に、セザールは思わず、といったように微笑んだ。

「出るのは尿ではないよチカ。それに、おまえが出してくれるなら、私は尿でも少しもかまわないから、我慢しなくていいんだ」

　優美な白い指が、チカの幼い性器にしっかりと絡みついた。わずかに余った表皮を押し下げるようにしごき、先端の浅い割れ目を親指でこする。ひりつく感覚にぞわりと産毛が逆立ち、尻尾が小刻みに跳ねた。出る。

「……っぁ、あああ、あっ」

　我慢しようとしたのに、雷に打たれたみたいに全身がわななき、勢いよく液体が溢《あふ》れた。吹き出したのは予想に反して白っぽい汁で、腹や胸に飛び散るとどろりと流れる。噴出は数度続き、最後にぷくりと雫《しずく》が浮いた。出るあいだくびれの部分をしごいていたセザールは、その雫を愛《いと》しげに拭う。

「たくさん出せたね。気持ちよかっただろう？　これが射精だ」

「しゃせい……」

　耳の奥がつまったようにぼわんとする。手足が重たく、荒い息遣いは自分のものではないかのようだった。ぼうっと見つめるチカに、セザールは安心させるように微笑みかけた。

「射精は雄の快楽だ。次は雌の悦《よろこ》びも味わうんだ」

「……めす、の」

「私に任せて、チカはなにもしなくていい」

　セザールはチカの脚を掴むと、大きく左右にひらかせた。上に持ち上げ、腰の下に枕を入れて浮くようにする。テーブルから銀の壺《つぼ》を取ってくると、中身をたっぷりと掬った。

「未通だから、慣らし汁には薬草を入れておいた。痛みにくくなるはずだよ」

「っふ、……あ……」

生ぬるい粘液が股間にまぶされ、チカは顎を上げた。汁が垂れ落ちていくのがくすぐったい。ぬるぬるのそれが尻の割れ目のほうまで伝ったかと思うと、セザールが窄《すぼ》まりに触れてきて、びく、と太《ふと》腿《もも》が震えた。

「そこ、に……入れる、の？」

人間をはじめ多くの動物は、生殖行為のとき、雄の性器を雌の性器の中に入れ、受精を行う。チカがセザールとするなら、そこしか使う部分がないのはわかる。でも、本当に入るのだろうか。

震えたチカの股間を、セザールは宥めるようにゆっくり撫でた。

「心配することはない。はじめは痛くても、必ず気持ちよくなれる」

「――僕、は」

少し迷って、チカは首を横に振った。心配なのは入るかどうかとか、痛いかどうかではない。

「痛くても、いいんです。セザール様が、したいなら、なんでも平気。……でも」

片手でチカの膝を押さえ、片手ですっぽり股間を覆ったセザールを見つめる。

「これまではなにも言ってくれなかったのに――どうして？」

なぜ今日、触れてくれるのか。好きだと告白させてくれ、組み敷いて、愛の営みまでしてくれるのか、それがわからない。

セザールは痛みを覚えたように目を伏せた。

「いつかこの日が来ると思っていたよ。チカを抱いて、征服する日がね」

「じゃあ……前から、抱きたいって思ってくれていたの？」

「ああ。ずっと、すべて手に入れたいと思っていた」

セザールはそう言うと、チカの膝に口づけた。

「さあ、力を抜いて。チカの大事な孔《あな》をほぐすからね」

「んっ……、ぁっ」

短い尻尾のつけ根から窄まりへと撫でられ、そこがきゅっと竦むのが、自分でもわかった。それでもぬめりをまとったセザールの指は、やすやすと襞《ひだ》の中に埋まってくる。ぐにゅりと内側から押し上げられ、腹が不規則に波打った。

「ぁ、……ッ、ん、ぅ……っ」

「声は我慢せずに出しなさい。力を入れると押し出されてしまうからね。奥をひらいて、呑み込むんだ」

小刻みに指を動かして浅い場所をかき回すセザールは、チカが言われたとおり息を吐くと、その瞬間を狙って突き入れてくる。硬い異物がくっきりと感じられ、窄まりは閉じたりひらいたりした。

「は、……ぁ、……んっ、ぁ、は……ぁっ」

「そう、上手だねチカ。吸いつきながら、うまく咥《くわ》えられているよ」

優しく褒めながら挿入される指が、燃えるように熱い。収縮するたびに襞がぴっとりとセザールの指にくっつくのが、ぞくぞくする震えを呼び起こした。じっとしていられず、ぐうっと腰が持ち上がってしまう。

「お尻が動くね。気持ちいい？」

セザールはゆっくりと抜き差しした。はぁん、と恥ずかしい声が出て、チカは口元に拳をあてがった。

「変、です……っ、なか、ぞ、くぞく、して……っは、ぅ、んっ」

「それでいい。だんだんほぐれて、やわらかくなってきた」

指を曲げ伸ばしして内壁を刺激しつつ、セザールは一度抜き、慣らし汁を足して今度は二本、指をもぐり込ませた。手のひらを上に向け、中指と薬指で腹側をこする。押されるとびりっと痺れが走り、ぴん、と脚が伸びた。

「っぁ、あ、ああっ？」

「ああ、反応がいいな。ここがチカの、気持ちよくなる部分だ」

「ッ、ぁ、あ……ッ、ん、は、……ぁあッ」

優しく揉まれるだけなのに、気が遠くなるような刺激だった。わけもわからないまま身体がつっぱり、性器からは液体が滲んでくる。とろみのある体液は糸を引いて落ちた。

「中から触っても射精ができそうだね。達《い》きそうなら、我慢しなくていい」

「――ッ、ん、……は、……ん、ぁ、あッ」

　セザールが言い終えるより早く、ぶしゅりと弾《はじ》ける感覚に襲われ、チカはきつく敷布を握りしめた。びく、びく、と腹が波打つのにあわせて、白濁したものがまた性器から吹き出す。さっきよりも量は少ないが、頭の中まで痺れる激しい快感のあとは、ねっとりと重たい余韻が全身に満ちた。

「は……っ、ぁ、……っ」

「思いきり達けたみたいだね。お尻の中までとろとろだ」

「あ……や、ま、まぜない、で……っぁ、あ……っ」

「わかる？　ゆるんでいるからすごい音がする」

　セザールが勢いをつけて指を出し入れする。ずしゅ、ずしゅ、と水音が響くのが、ひどく淫靡《いんび》な感じがした。尻尾は震え、ぽっかり口を開けてしまった孔の縁から、かき回されるのにあわせて汁がぼとぼと落ちていく。

「チカの身体は快感に弱いね。ペニスからは先走りが垂れっぱなしで、孔はこんなにひらいて――うさぎだからか？　それとも、私を愛しているからかな？」

　指を抜き、両手の親指で窄まりの襞を左右に引っぱりながら、セザールが微笑みかけた。

「チカが淫らなわけがない。こんなふうに指でも悦ぶのは、私が好きでつながりたいからだね？」

　首をかしげて尋ねられ、チカは何度も頷いた。

「す、き……っ、好き、だから、です……っ」

こんな恥ずかしい格好で、よくわからないまま翻弄されるのは、べつの人間が相手だったらとても無理だ。キスだって、髪を撫でられるのだって、セザールにしか、してほしいと思ったことはない。

「好き……セザールさま、すき……っぅ、あ、あッ」

すがろうと手を伸ばしかけると、膝の裏をがっしりと摑まれて、きつく胸のほうへ倒される。ほとんど二つ折りのような、窄まりを晒《さら》す格好を取らせたセザールは、衣の裾をたくし上げると、己のものをそこにあてがった。

むっちりと張りつめた有機的な硬さの男根の感触に、ぞくりと背筋が竦む。見えなくても、指よりも圧倒的に太いとわかる。

(裂けちゃう……っ、入ったら、壊れ、……ッ)

無意識に逃げようとくねる腰を摑んだセザールが、ぐっと切っ先をねじ込んだ。ビッ、と破ける音が聞こえた気がして、視界が真っ赤に染まる。

「ッ、ひ、……ぁ、……あ、あああッ」

焼けつくような痛みが窄まりから侵入し、尻から腹の中へと伝播《でんぱ》していく。セザールは分身の半分ほどをひと息に突き込むと、馴染《なじ》ませるようにチカの下腹に手を当てた。

「ゆっくり息をしてごらん、チカ。痛いだけではないはずだよ」

「あ……、ふ、……ッ」

腹を揉まれると、よりはっきりと挿入された雄を感じる。胃が縮むような感覚にぶるりと震えると、裂けたような痛みに混じって、なんともいえないうねりを感じた。ぴったりはまった異物の重さ。かすかに脈打つように感じられるそれが、セザールの大事な一部なのだ、と思うと、じゅん……と溶けるような錯覚が生まれる。

「顔がとろけたよ。どんなふうに感じる？」

「は、……ふ、ぁ……っ、あつ、い……っ」

「熱いだけ？」

「——き、……もち、い……、です……っ」

息がうまくできない。おなかが、尻が、べつの生き物になったみたいにひくひく蠢《うごめ》いている。くねって上へと突き出すたび、体内の粘膜とセザールの肉棒がこすれ、たまらなく疼いた。

「じんじんするけど、もう痛まないね？」

「は、いっ……ふ、ぁあっ、……あ、んん、あッ」

わずかに腰を引いたセザールは、じっくりと埋め込むように己を進める。切っ先で体内を揉まれるかのようで、鼻にかかった声が漏れた。彼の先端が当たっている部分が、じゅわじゅわ溶けていくようだ。

「んーっ、ぁ、……あッ、…ぁ、アッ」

「吸いついてきたな。突いてあげるから、もっと乱れるといい」

ずず、とさらに奥へ挿入し、セザールはチカの上におおいかぶさった。細い脚は肩にかつぎ上げられ、チカは押しつぶされる苦しさを感じながらも、近づく顔にうっとりして口を開けた。キスだ、と予感したとおり、貪るように口づけられる。

「チカ。……私の、チカ」

呻《うめ》きにも似た囁きが耳をくすぐる。熱っぽく口内をかき回したセザールは、足りないとでもいうように、チカのうさぎ耳を咥えた。

「ッ、ぁ、あ……っ、セザール、さま、ぁ……っ」

皮膚の薄い耳を甘噛みされるのは危うい喜びだった。尖《とが》った歯に震えたところをしなりを効かせて腰を使われ、ずん、と腹を穿《うが》たれる。下腹の中を雄が行き来すると、粘膜がこすられて気持ちがいい。中がどんどん崩れて、かたちをなくしていくようだった。

「は、ぅ……っ、ふ、ぁ……っ、ん、あ……ッ」

「気持ちがいいだろう？　これが抱かれる喜び、雌の快楽だ。もっと悦んでごらん？　遠慮しないで、しっかり味わうんだ」

耳をめくり、皮膚の薄い内側を舐め上げて、セザールが促した。

「感じなさい。ほかになにも考えられないくらい」

「あ……セザー、ル、さ、ま……っ、ん、ぅ……っ」

頭の中がちかちかした。寝台の上にいるはずなのに、深く落ちていくような、あるいはふわふわと空にのぼっていくような、不思議な感じがする。結合部でぷしゅぷしゅと粘液が弾け、飛び散っている。限界まで伸びきった窄まりが食いしめている、太い幹のかたち。腸の粘膜を激しくこすられる、熱ともどかしさ。硬い切っ先に突き上げられ、身体が揺れる感覚。

「あ、……、ぁ、……あ、……っ」

なにも考えられなかった。

チカは痙攣《けいれん》するように身体を反らせ、弱く精液をこぼしながら達した。きゅんきゅんと締まる腹の中を、セザールのものはなおも行き来する。それに押し上げられて、びりびりと全身が痺れる。頭が真っ白になって音さえ遠のき、けれどセザールが低く呻くのだけは、ぼんやりと感じ取れた。ずん、ずん、と腹の中が抉《えぐ》られ、やがてぼうっとあたたかさが広がる。体内が粗相をしてしまったような、味わったことのない感覚だった。震える肉筒から、まだしっかりとした砲身が抜けていく。セザールがため息をつくのが聞こえたが、目を開けてもよく見えなかった。

頭の中も、指先も、蜜で満たしたようにまったりと重い。セザールが身体を離すと、無理な体勢を取っていた体軀《たいく》はだらりと伸びて、触れてくる手がほんのり冷たく感じられた。

「しっかり感じられたようだね。覚えておきなさい――これが、雌の絶頂だよ」

チカは声が出せない。胸が上下していて、ああ息が荒いのだと思ったが、意識がふわふわしていて、苦しさは感じなかった。力の入らないチカを、セザールは抱きしめ、そっと口づけてくる。

「これでもう、おまえは私のものだ。これからは私のことをもっと愛しなさい。ほかなど目に入らぬくらい、私だけを見るんだ」

唇は口だけでなく、鼻にも、目元にも触れた。刻みつけるように囁きながら、飽きずにキスが繰り返される。

「チカは私を愛していればいいんだ。一生、私に心を捧げてくれ」

（——セザール様）

彼の声は、まるで祈っているように聞こえた。そんなに不安な声を出さなくても、チカがセザールを好きなことはわかっているはずなのに——どうして悲しそうなのだろう。

チカはだるい腕を持ち上げ、セザールの首筋に回した。目を閉じる。

「愛してます、セザール様」

もうほかの誰かを好きになることはない。だって、抱いてもらえたのだ。好きでいることを許されて、身体をつなげたのなら、自分たちは結ばれたということだ。

ようやく結ばれた、と思うと、ゆっくり嬉しさが込み上げてきた。

「僕たち、恋人同士、ですよね」

「——ああ。恋人同士だ」

セザールはわずかに苦しげに眉根を寄せたが、すぐに穏やかな眼差《まなざ》しでチカを見つめ、もう一度キスしてくれた。

「さあ、身体を拭いてあげよう。綺麗にしたらゆっくりおやすみ。愛しいチカ」

「はい、セザール様」

よかった。彼を好きでもよかったのだ。受け入れてもらえたことが幸せで、チカは促されるまま、清めてくれるセザールに身体を任せた。

◆　◆　◆

この子には向こう見ずなところがあるようだ。

今日は私の仕事中に、なにを思ったか書棚によじ登っていた。慌てて近づき、なにをしていると声をかけると、驚いたのだろう、竦んでしまって、棚を摑んでいた手が離れ、私に向かって落ちてきた。無事に受けとめられたが、こちらのほうが目眩《めまい》がしそうだった。私が同じ年齢の頃は、馬鹿なことをしないだけの分別があったというのに、チカときたら、目を離すとなにをしでかすかわからないのだ。下手したら死んでしまいかねない。

だから叱った。勝手な真似《まね》はするな、危ないだろうと言い聞かせると、チカは大きな目いっぱいに涙を溜《た》めた。ごめんなさいと謝るかわりに、「じしょが」と舌足らずな声を出す。私の袖を摑んで、辞書が必要だと思ったから、取ってあげようと思ったのだと、書棚の上を指す。壁一面、高い天井まで書物をつめ込んだ棚だ。チカが指さしたあたりには、ちょうど今読んでいる書物の言語の辞書が並んでいた。どうやら文字が読めるようになってきたようだ。うさぎとしての嗅覚も鋭いのだろう。昨日も、同じ書物が下の階にあると言って、私を連れていこうとした。この図書塔におさめられた書物なら、私は余さず知っているというのに――手伝おうとするのはうさぎの本能だろうか。

それとも、私に愛されたいのか。子供というのは、親の愛情を求めるようにできている。毎日のように、おまえは私の子ではない、と言い聞かせてきたから、嫌われたくないという思いが人一倍強いのかもしれない。

じっと私を見つめるチカの瞳には、ひたむきな色があった。私だけを見つめる目。私を信じ、好意を抱き、愛されたがる眼差しだ。まだ短い垂れ耳は少し持ち上がって、私の声を聞き漏らすまいとこちらを向いている。庇護《ひご》が必要な年齢だから、当然といえばそれまでだが、チカにとっては私が世界のすべてなのだ、と思うと、たまらない満足感がある。

もっと愛情を注ぎ、可愛がり、この世の誰よりも慈しめば、チカはさらに私を愛するだろう。

二度とするなと叱るかわりに、私はチカを撫でてやった。「チカは私が好きか？」と聞けば、ためらいなく頷きが返ってくる。いい子だと褒めてやり、額を押し当てて言い聞かせた。チカの痛みは私の痛みでもある。おまえの喜びが、私にとっても喜びになるように、チカが傷つけばつらいのだと、彼が決して忘れないように刻み込む。

それから、抱いて下の図書庫へ行き、幼児も好みそうな絵本を探した。部屋にあたたかい飲み物を運ばせ、暖炉のそばで膝に乗せ、耳を撫でつけてやれば、チカはとろけそうに幸せな顔をした。

それでいい。もっと私を好きになりなさい。いずれ私に恋に落ちるのだ。せつないほど恋焦がれ、甘い体臭を漂わせて発情するまで――私はいくらでも、おまえのために心を砕こう。

◆　◆　◆

オラーヴォの訪問でなにかが大きく変わるのかと不安だったが、チカとセザールが結ばれた以外に、塔に変化はなかった。三日も経《た》つと、エンリケ王子の死去はここには関係がないのかもしれないと思えてきたが、十日後、チカが発掘場から地上へ戻ると、大広間の様子は一変していた。

緊迫した空気の中、セザールが向きあっているのは、武具を身につけた一団だった。黒いマントの裏は暗い青——守護士だ。

守護士は森に赴く読書士を守ったり、街で悪党から人々を守ったりする人々だ。塔を訪ねてくる読書士につき添った守護士を見たことはあったが、これほどの大人数を一度に見るのは初めてだった。物々しい雰囲気があたりを包んでいた。

守護士の集団から、長らしき男が歩み出て、セザールに書状を差し出した。

「王宮守護士のデオダートと申します。フレデリコ国王の命《めい》により、チカ様をお迎えに上がりました」

びく、と身体が震えてしまった。

（どうして僕を？　セザール様じゃなくて？）

遠巻きに眺める読書士たちがざわめいて、チカのほうを振り返る。セザールがチカに気づくのと、一番偉いのだろう守護士が気づくのはほぼ同時だった。射るような眼差しに足が竦みかけ、チカはき

ゆっと耳を下げながら、守護士の集団を避けてセザールに駆け寄った。隠れるようにしがみついたチカを抱き寄せ、セザールは冷ややかな目つきをした。

「いきなりやってきて出向けとは、ずいぶんと横暴だ。従う気になれないが」

「オラーヴォ先生が先に報せを届けてくださったと、手紙鳥を受け取っています。我々が来ることもご存じだったはず」

　守護士の男は丁寧な態度は崩さないが、どこか慇懃《いんぎん》無礼《ぶれい》だった。

「国王はセザール様もご一緒に迎えたいとのこと、まずは直接お話をしていただきたい」

「文句があるなら本人に言えということか」

　皮肉げな笑みを浮かべて、セザールは男を見返した。

「国王の命に従う義理はないが、どうしても頼む、ときみが跪《ひざまず》くなら会ってはやる。私も彼には言うことがあるからな」

　男は一瞬腹立たしげな表情になったが、すぐにチカへと視線を移し、膝を折った。あとを追って、守護士たち全員がいっせいに跪く。

「お初にお目にかかります、チカ様。本日より殿下をお守りいたしますデオダートと申します」

「……殿下？」

　チカは震える拳を胸の前で握りしめた。自分が尊称で呼ばれる理由がわからない。でも、なぜかいやな予感がした。顔を上げたデオダートが生真面目に頷く。

「左様です。チカ様はたったひとりの、この国の王子であらせられる」

息を呑んだのはチカではなく、大広間中の読書士たちだった。

王子だと、と囁きあう声がいくつも響く。驚愕《きょうがく》のざわめきに包まれながら、チカは傍《かたわ》らのセザールを見上げた。なにかの間違いだと言ってほしかった。自分が王子だなんてあるわけがない。だが、目があうとセザールは、なにも言わずに視線を逸らした。

「チカ様には、セザール様とご一緒に王宮へおいでいただき、お父上である国王陛下にお会いしていただきたく存じます。長年会うことの叶《かな》わなかった息子に会いたいと、王がお望みなのです」

ただひとり落ち着き払ったデオダートの声が響く。

「チカ様にもセザール様にも、決して悪いようにはしないと、王は仰せです。道中はこのデオダートがお守りします。――おいでいただけますね？」

「僕は……」

行きたくないとは言えず、チカは口ごもった。でも無理だ。急に王子だとか、王宮に来いと言われても困る。セザール様だって行きたくなさそうなのに、と見上げると、セザールはチカを抱く手を離した。

「では出発は明日にしましょう。面倒はさっさと片付けたい。――誰か、守護士たちに部屋を用意してやれ」

淡々と命じて踵を返す彼を、チカは慌てて追いかけた。

「待って、セザール様！」

きゅっと袖を掴み、立ちどまらない彼についていきながら、守護士たちを振り返る。立ち上がったデオダートが険しい顔でこちらを見ていて、どきりとして背を向けた。あの人は少し怖い。

そっと見上げれば、セザールもまた険しい表情だった。昇降機に乗り込むと、最上階に着くまで、チカを見ようともしなかった。もしかしたら邪魔だろうか、と掴んでいた袖を離すと、ようやく、思い出したかのようにまばたきして見下ろした。チカの表情に、ふっと目を細める。

「不安がらなくても大丈夫だよ。チカには私がついている。――おいで」

彼のほうから手をつなぎ、セザールの部屋へと入る。チカを椅子に座らせた彼は、香りのいい薄荷《はっか》のお茶を淹《い》れてくれた。小さな丸テーブルを挟んで向かいに座り、寂しげな笑みを浮かべる。

「オラーヴォ先生が来たときから覚悟はしていたけど、本当は、こんなことが起きなければいいと思っていたよ」

せつない笑い方に心臓がぎゅっと熱くなり、チカは耳を揺らして首を振った。

「僕、行きたくないです。セザール様とずっとここにいたい」

「ありがとう、チカ。おまえは優しいね」

セザールは壺から蜜を掬い、チカのカップに入れる。

「でも、そういうわけにはいかないよ。あの守護士の言うとおり、チカは国王の血を引いているのだから」

「会ったこともないから、知らない人と同じです」

「チカは覚えていないだろうが、赤ん坊の頃は彼に抱っこされたこともあるんだよ」

自分のカップにも蜜をたっぷり入れて、セザールは小さな窓へと視線を流した。

「おまえが生まれて、喜びの涙を流していたそうだ。——チカを産んだのは、イウリといううさぎだ。珍しい雌のうさぎだった」

チカは唇を噛んだ。せっかく淹れてもらった大好きな薄荷茶を一口飲んでも、胸の中のもやもやは晴れず、ぽつんと呟く。

「でも僕は、覚えてません。父のことも、母のことも」

セザールの子供ではないと聞かされて育ったから、血のつながった両親はどんな人だろうと想像したことはある。少なくともどちらかはうさぎだったはずだ。毛色や顔立ちは似ているだろうか、優しい人だろうかと考えて、会ってみたいと思ったこともある。けれど、セザールが話さないということは、もうこの世にいないのだろうと、諦めるようにしてきた。それが——いきなり父は国王だと言われて、喜べるはずもない。フレデリコ王は、セザールが嫌っている相手なのだ。

「チカがまだほんの赤ん坊の頃に二人とは別れたから、覚えていなくても無理はないよ。わけあって、私がチカを引き取った」

「——わけ？」

いったいどんな理由で、王は子供を手放したのだろう。一番気になるところなのに、セザールは静かにかぶりを振った。

「チカが知る必要のないことだ。王とイウリが過ちを犯しただけのこと」

「過ち……」

チカは不快感に眉根を寄せた。チカが知る限り、国王の妃《きさき》は亡くなったひとりだけで、うさぎを娶《めと》ったという話は聞いたことがなかった。だからたぶん、イウリは愛人とか、そういう立場だったのだ。不道徳で、結ばれてはいけない二人。清廉でいつも正しいセザールが、チカに聞かせたがらないのもそのせいだろう。

セザールが国王を嫌いなのも無理はないと思うと、ますます会う気が失《う》せた。

「やっぱり僕、行きたくないです。会いたくない」

「では、王に直接そう言ってやるといい」

セザールは複雑な笑みを浮かべて立ち上がった。壁一面の書棚の中ほど、小さな引き出しを開ける。取り出した青いものを手に戻ってくるのを、チカは不安な思いで見つめた。

セザールが、ちゃんとチカを見ない。先日オラーヴォが来たときも、呼んでも振り返ってくれなかったけれど——二人きりで部屋にいるのに、まっすぐにチカの目を見ようとしない。

「たとえ覚えていなくても、好きになれなくても、フレデリコがチカの父親で、たったひとりの肉親だ。一度は顔をあわせておきなさい」

「……たったひとり？」

「イウリのほうは、出産後まもなく亡くなった。彼女は私たちが初めて会ったときから身体が弱かったんだ」

　セザールは言いながら、チカの後ろに立った。首元に回された手には、美しい空色の石が連なった首飾りがある。真ん中に下がった大きな石は、青緑色に透きとおって、ひときわ輝きを放っていた。うなじでぱちりと留め金を閉じる音が響く。

「これは道中のお守りだよ。外さずに身につけていなさい」

「ありがとうございます。……でも、セザール様も一緒ですよね？」

「一緒だけれど、お守りはあったほうがいい。旅に危険はつきものだから、私のためにもつけておいてほしい」

　宥めるように言って、セザールはまた遠い目をした。

「エンリケ王子が王位を継げばなにも起こらなかっただろうに――これも報いだろうか」

　指が、チカの首の後ろで宝石を撫でている。報い、と口の中で呟いて、チカも真似するように胸元の石に触れた。綺麗な首飾りだ。チカは宝石の価値をよく知らないけれど、高価なものに見える。書棚の引き出しに入っていたということは、前から用意していたものだ。

　来なければいい、と言いながらも、セザールはこうなると予測していたのだろう。その日が来たときに、チカができるだけ危険な目にあわないようにと祈って、お守りを作ってくれたに違いなかった。

（どんな事情があっても、子供を手放す人より、セザール様のほうがずっと好き）

大人になるまで大切に育ててくれたのはセザールなのだ。ただ血がつながっているだけの人間に会うなんて、少しも嬉しくない。

セザールが「会いなさい」と言うのでなければ断るのに、と思いながら、チカはそうっと首飾りの石を握りしめた。

翌朝、日の出とともにチカたちは出発した。

普段は巨大な塔の中でばらばらに働いている読書士たちが全員見送りに揃《そろ》って、いっせいに頭を下げる様は壮観だった。今までは親戚のおじさんのように気安かった読書士とも距離ができたようで、心許ない思いで馬に乗せられた。

周囲を取り囲む寡黙な守護士たちの雰囲気も、チカにとっては緊張するものでしかない。チカとセザールを守るにしては数が多すぎる気がして、守られているというより、見張られているように感じてしまう。セザールが後ろに跨《またが》ってくれたのだけが心強かった。

整備された敷地から砦壁の外へ出ると、鬱蒼《うっそう》とした森が広がっていた。大人が十人集まっても囲いきれない太い木々のあいだに、白く踏み固められた道が続いている。木立の奥は想像していたよりも暗く、まるで夜の闇のようだ。風が吹くと梢《こずえ》が軋《きし》むのが不気味に聞こえ、チカは身を硬くした。

「……魔物は、昼間は出ないんですよね？」

「街道に出ることはほとんどない。そういう場所を選んで道を作ったと、書物で読んだだろう？　夜もちゃんと安全な場所で寝るし、守護士が十五人もいれば、魔物が出てもチカが襲われる心配はない」

　セザールは顎をチカの頭に乗せて、優しく言った。

「私も守るよ。読書士は剣術も必須科目で、得意なほうだった」

「セザール様、剣が使えるんですか？」

　初めて聞く事実にびっくりして振り返る。はずみで傾いた身体を、セザールがしっかりと抱きとめた。

「危ないよ、チカ。前を向いて」

「……は、い」

　耳に口を寄せて囁かれ、唇が触れた気がして、チカは赤くなった。不仲なフレデリコ王に会いにいく旅だから、セザールだって乗り気ではないはずなのに、彼の機嫌は思いのほかいいようだ。声がやわらかく甘い。チカの背中にぴったりと身体を寄せ、耳に頬を押しつけてくる。

「図書塔では剣を使う機会がないけれど、『二の島』ではほかの国の読書士たちと一緒に森にも入ったんだ」

「守護士は一緒じゃなかったんですか？」

「もちろん、同行していたよ。だがうさぎもいるから、読書士は自分の身くらいは守れるようにするのが嗜《たしな》みなんだ。得手不得手はあるから、すべての読書士が剣に自信があるわけではないが、私はチカを守ってやれる」

「このあたりは魔物も少ないですし、小物ばかりです」

すぐ近くに馬をつけたデオダートが、面白くなさそうに口を挟んだ。

「図書塔の周囲は不思議と魔物が出ないんですよ。セザール様が剣を使うまでもありません」

「きみらの仕事を奪うつもりはないとも。いざというときの話をしているだけだ」

セザールはそっけなく彼をあしらい、今度ははっきりと、耳にキスした。

「初めての遠出だ、せっかくだから楽しむといい」

耳だけでなく、こめかみや頬にも口づけられる。デオダートやほかの守護士は気まずそうに視線を逸らしたが、セザールは気にしていないようだ。過剰なほど優しい仕草に、機嫌よく振る舞っているのは自分のためかもしれない、と思い当たった。チカが気乗りせず緊張しているから、少しでも気分を明るくしようと、キスもしてくれるのだ。

(今までは、ほかの人の前でキスなんてしなかったもの)

首を捻《ひね》って振り仰げば、励ますように微笑みが返ってきて、鼻先にもキスされる。気遣って甘やかすのも彼の愛情だと思うと、チカの気分も晴れていく。

「街についたら一緒に散歩しよう。チカは気に入ると思うよ」

「そうですね。セザール様と一緒なら、きっと楽しいです」

「疲れたら言いなさい。馬に乗るのは慣れないと体力を使うから」

「はい、ありがとうございます」

怖がらなくていいんだ、とチカは自分に言い聞かせた。王様に会うのは気が進まないが、顔をあわせるときもセザールはそばにいてくれるはずだ。だったら大丈夫、と安心できると、周囲を囲まれている状況も気にならず、馬からの眺めも楽しくなってきた。

数時間進んで休憩を取るときも、セザールはつきっきりで世話を焼いてくれた。午後は痛みはじめた太腿に、チカが言う前に気づいて横座りで乗せてくれたし、夕暮れに着いた小さな村では宿の同じ部屋で眠った。図書塔ではセザールが仕事するあいだ、チカは読書士たちを手伝っているから、べつべつに過ごす時間もあるのだが、道中はひとときも離れずにすむのだ。ぴったりと寄り添って過ごすのは幼い頃に戻ったみたいで、それだけでもチカは幸せだった。

最初は威圧的にしか感じられなかった守護士たちも、言葉を交わせば思ったよりも怖くはない。慇懃無礼なデオダートをはじめ、皆よそよそしいながらも、食事や天幕の用意などは何事もチカが優先で、王子として傅《かしず》かれるのは慣れなかったけれど、おかげで旅は快適だった。

心配だった魔物に出くわすこともなく、五日後には木々がまばらになり、大きな街に着いた。塔の敷地の畑とは比べものにならない広々とした開墾地に目をみはっているうちに、家がどんどん増え、人の姿も多くなってくる。物々しい守護士の一団と、真ん中で守られているチカとセザールに、人々は驚いた顔をしながらも恭しく頭を下げていた。白いローブは読書士長か、あるいは大読書士長しか身につけない服だから、一目でわかって尊敬されるのは当然だが、街の人は守護士たちにも敬意を払っているようだ。

「守護士も、街の人からは尊敬されているんですか？」

「そうだね、街を守る仕事の守護士もいるから。でも、皆がああして挨拶するのは、私が読書士長で、チカがうさぎだからだ」

「うさぎも？」

「もちろん、うさぎも大事に思われているよ。書物へと我々を導いてくれる、神秘的な守護精霊だからね」

セザールがにっこりと微笑みかけた直後、守護士たちが馬をとめた。街の建物はどれも大きいが、中でも目立つ立派な建物の前だ。セザールは先に馬を降りると、チカが降りるのを手伝ってくれた。デオダートが身振りで後ろの建物を示す。

「こちらが本日の宿です」

「ここって教会ですよね？」

建物の奥には背の高い塔があって、書物を模した四角を棒で貫いた独特の飾りが突き出している。

「左様です。大きな街なので教会もあります」

「教会に泊まるの？」

お祈りする場所のはずなのに、と首をかしげると、セザールが教えてくれた。

「書物に関する仕事をする者は、教会があるときはそこに泊まるんだよ。宿泊も道具の修理も無償で、互いに情報交換することもできるから」

「今夜から二晩、ここに泊まっていただきます。この先は王都まで大きな街がありませんので、ゆっくりお過ごしになって、疲れを癒してください」

デオダートの言葉に、チカはぱっとセザールを振り返った。

「ゆっくりできるんですって、セザール様！　日暮れまではまだ時間がありますよね。街の中、見て回ってもいいですか？」

「疲れてはいない？」

「大丈夫です！」

ここは初めて見るものばかりだ。図書塔は色に乏しい。チカ以外は黒衣の読書士と、長の位を示す白い衣のセザールしかいないからだが、街の人が着ている服は色とりどりだ。通りに面した建物は大きな窓を持つところが多く、丸や四角の看板が下がっている。すべてが新鮮に見え、そわそわと見回すと、セザールは顔を綻ばせた。

「では散歩してこよう。――かまわないね？」

視線を向けられたデオダートは顎を引き、ちらりとチカを一瞥した。

「……まあいいでしょう。俺が護衛として同行させていただきます」

そっけない口ぶりに、迷惑ならセザール様と二人でも、と言いかけたが、チカが国王の息子だから、デオダートは目を離すことができないのだろう。親しくもない年上の人を、自分のわがままで振り回すのは気が引ける。だったらやめますと言おうかと迷うと、セザールがチカの手を引いた。

「さあ、どこから行こうか？」

歩き出すセザールについていきながら、デオダートを振り返る。きりりとした顔立ちは相変わらず怖いが、五日間で彼が常に目を配ってくれているのはわかっていた。

「――あの、迷惑だったら、ごめんなさい」

小さな声で謝ると、デオダートは意外そうに目を見ひらいた。それから、首を左右に振る。

「どうぞお気になさらず。俺の仕事ですから」

そう言うと彼は少し距離を置いて佇んだ。セザールは優しく指を握り直してくれた。

「だめだとは言われていないんだから、彼の言うとおり、気にしなくていい。それより、塔にいれば午後のお茶の時間だよ。店をいくつか見て、おいしそうな菓子でも買おうか」

セザールの足取りには迷いがない。チカは気を取り直して周囲を見回した。

図書塔に似た赤茶の煉瓦造りの建物のてっぺんは、傾斜をつけた屋根だ。だいたいは三階建てほどだが、ときどきもっと高い建物もある。上のほうの窓々には白や赤の花が飾られていた。空気は乾いていて、木が一本もない。

「セザール様は、この街に来たことがあるんですか？」

「昔はね。王都から図書塔へは、必ずこの街を通るんだ。あの頃とは少し変わって、住む人間も増えたようだが、街の造り自体は一緒だ」

　セザールは通りの先を指さした。

「あそこがひらけているだろう？　中心が広場になっているのは、街道が交わる場所にあとから街を作った名残だ。この街は図書塔と王都の、ちょうど中間にあるんだ」

「地図で見たことがあります。――思っていたより、全部大きいです」

　チカの住む図書塔は世界でも珍しい巨大な遺跡だというから、外の世界ではもっといろんなものが小さいのだと思っていた。想像どおり、通り過ぎてきた村はどこも狭く、家も小さく簡素だったけれど、街は違う。横を見れば大きな窓にはまっているのは透明なガラスで、中の様子がよく見えた。淡い桃色に銀の石を縫いつけた服が、目立つように飾ってある。隣の店では丸く輪になったパンがたくさん並んでいた。

「パンをあんなにいっぱい売ってるなんて、それだけ住んでいる人がいるってことですよね？」

「そのとおりだよ、チカ。――ああ、あそこで飲み物を売っている。買おうか」

　セザールが足をとめたのは、大きな花の枝を飾った店だった。窓は開けはなされて台が突き出しており、果物が籠に入れて置かれている。台の向こうに立った恰幅《かっぷく》のいい男性が、チカたちに愛想よく声をかけた。

「白いお召し物だから読書士長様ですよね。お見かけしない顔だが、うさぎ様もお連れとは、うちの街の読書士長様を訪ねていらしたんですかい？」

「王都に向かう途中なんだ」

セザールは噂好きそうな男の問いをさらりとかわし、チカを見下ろした。

「どれがいい？　好きな果物を絞って、ミルクと混ぜてくれるよ」

「ミルクと？　変わった飲み方をするんですね……。僕、茜苺《あかねいちご》にします」

甘酸っぱくて香りの強い茜苺は、夕日のような色も綺麗で、チカの好物だった。店の人は丸い果物をいくつもブリキの絞り器へと入れ、絞り汁をミルクと攪拌《かくはん》して陶器のカップに入れてくれた。口に含んでみるとまろやかな味わいが広がり、チカはぴっと耳を浮かせた。

「おいしいです！」

「このあたりはいい果物とミルクが名物だ。図書塔にだってチーズをお送りしてるくらいでね」

「ああ、あのクリーム色の、おいしいやつですよね。僕、蜜と一緒に食べるのが好きです」

ときどき朝食に出るチーズだ。この街から届けられているのだ、と思うと感慨深かった。

チカの言葉を聞いた男性は、やや不思議そうな顔をしたあと、ひとりで納得して頷いた。

「うさぎ様だもの、当然図書塔にも行ったことがあるでしょうな」

そう言われて初めて、チカは気がついた。

この人は、チカが図書塔に住んでいることを知らないのだ。チカのことどころか、彼はセザールの名前も知らない様子だ。読書士ならば、遠く離れた国にもセザールを知っている人がいるのに。

誰にも知られていない、とわかると急に、立っているのも心許なく思えた。広い、見知らぬ場所にひとりきりで放り出されたみたいに心細い。

　セザールはチカの顔を見ると、手を引いて近くの石のベンチに座らせてくれた。

「不安そうな顔だ。なにが怖い？」

「……誰も僕たちのことを知らないんだと思ったら、心細くなったんです。僕のことを知らないのは当然かもしれないけど、セザール様のことも知らないなんて――なんだか、寂しくありませんか？」

　チカにとって世界のすべてだった図書塔では、誰もが互いに顔見知りだった。塔の外には会ったことのない人々が生活していると頭で理解していても、実際に大勢の知らない人に囲まれるのは感覚が違う。行き交う人々が遠く隔たって感じられるのは、寂しい気がした。それに――。

「読書士も、セザール様も、毎日世の中の人のために、あんなにたくさん働いてるのに……そのことも、誰も知らないなんて」

　うまく言えないけれど、自分たちの努力も存在も、ひどくちっぽけになってしまったように感じる。服の色や姿かたちで尊敬されるより、チカがどんな性格で、読書士たちがどんな生活をしているか、知っていて気軽に挨拶を交わせるほうが、ずっといいと思う。

「心や立場が遠い人に会うのが初めてだから、チカはそう感じるのかもしれないね」

　セザールは穏やかに頷いてくれた。

「街で生活する普通の人々は、読書士やうさぎについてはよく知らないものなんだ。彼らにとっては、知識をわかりやすく伝える書物を書く書記士のほうが、まだ身近な存在だ。それに読書士はよく見かけるが、うさぎはめったに目にすることがない。昔と違って、うさぎはとても数が減ってしまっているからね。だから、敬う気持ちはあっても、自分とは住む世界が違うと考えてしまう」

「――そうなんですね」

チカはカップの中の飲み物を見つめた。茜色にミルク色が混ざって、塔のてっぺんの物見台から見る、靄《もや》のかかった朝焼けのようだ。初めて飲む、想像したことさえなかった飲み物。

世界はチカが想像するよりもずっと広くて、知らないことばかりだ。

「あのおじさんは僕たちのことを知らないけど……でも、僕も、今までは知らなかったんですよね。あの人がここで、こんなに素敵な飲み物を作っていることも、好きなチーズがこの街で作られていることも」

「かかわりが薄いことまで毎日考えられるほど、人間は暇ではないんだよ。寂しく思うことはない」

セザールはチカの頭に手を乗せ、髪と耳を撫でつけた。

「見てごらん、チカ。通りは広いし、清潔だろう？　人々の着るものも華やかで、店もたくさんある。あそこの角にあるのは井戸から水を汲《く》み上げるポンプだ。ポンプは辻《つじ》ひとつおきにあって、誰でも使えるんだ。上の窓に下がっている四角いガラスは、夜になると火を入れて、通りを照らすようにしてある。便利で、豊かな街だ」

ひとつひとつ指でさして、セザールはチカの瞳を見つめた。

「世界はかつて、『礎の書』を読むことのできる読書士によって作られた。そして今でも、うさぎや読書士が書物を発掘し読むことで、より豊かになろうとしている。もちろん、書物の中だけにあって現実の世界にはない失われた資源はたくさんあるし、読めても意味のわからない技術のほうが、使える技術よりずっと多い。だが、解読できない書物は読書士が日々研究しているし、古い書物がいつ崩れてしまってもいいように、新しく本を作るのは書記士の仕事だ。彼らのおかげで、人々にも技術や知恵がもたらされる。この国の基礎を支えているのは読書士と書記士であるという事実は、その恩恵を受ける普通の人々が知らなかったとしても、ゆるぎないことなんだ」

チカは黙って頷いた。自信に満ちた声音で、セザールがいかに自分の仕事に誇りを抱いているかが伝わってくる。

「それに、チカが知りたいと願えば、誰とでも仲よくできるよ。これから知りあえる人が多いんだと思えば、わくわくするだろう？」

チカは伏し気味だった顔をぱっと上げた。微笑するセザールの優しい目の色に、みるみる嬉しさが込み上げてくる。

「そうですよね。これから、いっぱい知ることができますよね！」

彼の言うとおりだ、と思うと寂しかったのも吹き飛んで、尻尾が元気よく動いた。

「やっぱりセザール様は物知りです。きっと、世界で一番、なんでも知ってる人だと思います」

眩《まぶ》しい思いでセザールを見上げれば、彼は銀の髪を揺らしてかぶりを振った。

「世界で一番ではないだろうね。それに私のほうが、チカから大切なことを学んでいるよ」

「僕から？」

「チカの何気ない言葉や仕草が、私にとっては大きな発見につながるんだ。——自分のことも、見つめ直せる」

　優しく目尻を下げたまま、セザールはチカの背中に手を添えた。唇が耳に押しあてられる丁寧な仕草に、チカは頬を赤くした。街の中なのに、キスされるとは思わなかった。通り過ぎる人の目は興味深そうだし、デオダートは露骨に顔をしかめている。見回してみても、セザールとチカほどぴったりくっつきあう人などいない。

　と、通りの反対側から、子供が三人、小走りに駆け寄ってきた。それぞれ大きな籠を手にしていて、一目散にチカたちの前にやってくる。一番年上の少年は、緊張と期待が入り混じったような表情で籠を突き出した。

「読書士様、うさぎ様！　ようこそいらっしゃいました！　飴《あめ》をおひとついかがですか？」

「匂い袋もあります。いかがですか？」

「花飾りはいかがですか？」

　少し年下の少年と、一番幼い少女も同じように籠を出してきて、チカは色とりどりの中身に目を丸くした。棒のついた丸い飴はつやつやしておいしそうだし、赤と白の花をつなげた輪飾りは可愛らしい。白っぽい素朴な布でできた匂い袋は、爽やかな香りがした。つい手を伸ばしかけると、デオダートが年上の少年の肩を摑んだ。

「邪魔だ。物売りは離れていろ」

手荒に突き放された少年がたたらを踏んで、チカはぎょっとして立ち上がった。

「デオダート！　子供相手に乱暴をするなんて……！」

「子供でも、その気になればチカ様を刺すことができます。近づく者は誰であれ、警戒するのが俺の仕事です」

デオダートは冷たい表情で子供たちを見据え、「散れ」と短く命令する。怯《おび》えてあとじさった少女の籠を、チカは摑んだ。せっかく近づいてきてくれたのだ。それに、こんなに幼い子供が働いているなんて可哀想だった。

「でも、僕はほしいです。……買ってもいいですか、セザール様」

「もちろんだよ、チカ。デオダートも、睨む必要はない」

セザールは立ち上がると、子供たちにひとつずつ銅貨を渡した。ありがとうございます、とほっとした表情の彼らから、チカは飴と花飾り、匂い袋を受け取った。仁王立ちしたデオダートはセザールの言葉を無視して少年たちを睨み下ろしているが、一番年上の少年は、立ち去りがたそうにチカに目を向けた。

「買ってくださってありがとうございます、うさぎ様。広場で、うさぎ様が来てるって聞いて、急いで来たんです。おれ、うさぎは見たことがなくて」

大人としては小柄なチカよりも、彼はまだ背が低い。くるくる渦巻いた赤毛が元気そうな様子だが、肘より上までしかない袖から出た腕は細かった。足は裸足《はだし》で寒そうだ。チカはかがんで目線を揃えた。

「僕も、ほかのうさぎに会ったことはないよ。——初めまして、チカです」

「お……おれはカルです！」

　少年の顔が輝いて、赤みがかった瞳がじいっと見つめ返してくる。

「チカ様はこれから発掘？　おれ、いつか読書士になりたいんだ！」

「本当？　じゃあ、勉強をたくさんしないといけないね。僕はこれから、王都に連れていってもらうの」

「王都！　いいなあ、おれも行きたい！」

　チカの優しげな雰囲気にすっかり緊張がとけたらしい少年は、飛び跳ねそうな動きで後ろの子供たちを振り返った。

「あいつらともいつも話してるんです。お金が貯《た》まったら一緒に王都に行ってみようって。王都なら、読書士になりたい子供に、一年間無料で学ばせてくれる学校があるんだって！　だからおれ——」

「そのへんにしておくんだな。チカ様のご迷惑だ」

　一歩近づこうとした少年とチカのあいだに、デオダートが腕を入れてとめた。

「しつこくすると捕まるぞ」

　そんな、とチカはデオダートを見上げたが、遠巻きに見ている街の人たちをかき分けて、黒い服の男たちがやってくるのに気づいた少年たちは、慌てて走っていってしまった。裏地が青いマントをひるがえした守護士たちを引き連れて、白いローブの読書士長が急ぎ足で近づいてくる。まだ若く、黒縁の眼鏡が真面目そうな読書士長は、興奮に顔を赤くしていた。

「セザール様！　まさかおいでになるとは……一言お報せいただければ歓迎しましたのに」

どうやらセザールとは顔見知りらしい。だがセザールが答えるより早く、デオダートが割り込んだ。

「セザール様は王都に向かう途中です。急ぎの旅ですから、どうぞおかまいなく」

「王都まででしたら、ここで数日はお休みでしょう。教会のほうには滋養のつく食べ物を届けさせます。――うさぎも一緒のようですし」

眼鏡を押し上げた読書士長がチカを見つめる。穏やかそうな男性だが、チカの肩を引き寄せるセザールの手には力がこもり、デオダートは視線を遮るように一歩前に出た。

「お心遣い痛み入ります。ですが、あまり騒ぎにはしたくございませんので、特別なことはけっこうです」

「守護士の皆様もお疲れでしょう。交代用の守護士もつけられますが」

「間に合っています」

デオダートは彼に対してもそっけない口ぶりで、チカに向き直ると促した。

「そろそろ宿へ。セザール様も、よろしいですね？」

「私はかまわないよ。ロンダール、話はまた日を改めよう」

セザールは眼鏡の読書士長に声をかけると、そっとチカの頭を撫でた。

「明日も時間はある。ゆっくり見て回れるよ」

かばうように抱き寄せられ、残っていたミルクと茜苺の飲み物を飲み干す。この街の読書士長と守護士たちの視線は痛いほどで、カップを返して来た道を戻るあいだも、すぐ後ろを歩くデオダートからはぴりぴりとした気配が発散されていた。

宿の二階の部屋までついてきたデオダートは、扉を閉めると改まった声でチカを呼んだ。

「チカ様。念のため申し上げておきますが、あなたは大切な、この国のお世継ぎです」

「――はい」

「ですが、事情があってあなたが王子だとは、知らぬ者のほうが多い。現段階では誰にも――たとえばさきほどの読書士長にも、身分を明らかにするわけにはいきません。ですから我々も、国旗も掲げず、秘密裏にあなたを王都へ送り届けようとしています。のんびり街を散策するなんて、本当は許可したくありませんし、不要な相手と親しげに話されるのも困ります。あなたはどこでぼろを出すかわからないから」

離れた位置から見下ろしてくるデオダートの顔が恐ろしく見えて、チカはうなだれた。彼はきっとチカのことが嫌いなのだ。悪意を向けられた経験のないチカにとって、デオダートが発散する苛立ちや侮蔑の感情は、萎縮するには十分だった。

「僕……塔の外の人と話せるのが嬉しくて。ごめんなさい」

「そうだろうと思いましたから、今日の散策は許可しました。ですが、王宮に着けば話せる相手もたくさんいます。王子なのですから、自分の振る舞いが他人に迷惑をかけないかも、これから先は考えていただきたい」

「王子ならいっそう、市井の者と話そうとする姿勢は素晴らしいものだろう」

セザールが口を挟んで、チカを後ろから抱き寄せた。

「それに、つい先日まで自分の身分について知らなかったんだ。急には変われないし、チカが王子らしくないからといって、たかが守護士のきみがチカにあたる権利があるか？」

落ち着いてはいるが冷たいセザールの声に、デオダートは挑発するように口の端を歪めた。

「チカ様が庶民的で心優しいのはいいことだと思っていますよ。悪い方でなかったのはせめてもの救いだ。――俺はずっと、チカ様が存在しなければいいと思っていましたから」

チカを一瞥し、デオダートはほとんど睨むようにセザールを見つめた。

「セザール様がチカ様を溺愛《できあい》しているのには驚きましたよ。あなたがチカ様をさらって図書塔に閉じこもったのは、国王とイウリ様が憎かったからでしょう？」

ざわっ、と全身に鳥肌が立った。

（――僕を、さらった？　セザール様が？　憎いって……僕の母親のことも？）

そんな話は聞いたことがない。

呆然と立ち尽くすチカと、抱きしめて離さないセザールから目を逸らし、デオダートは吐き捨てるように言った。

「許される行為ではなくとも、セザール様の心情はわかると思っていました。俺もいっそ憎みたかった。イウリ様と国王が結ばれなければ、エンリケ王子も――誰も、不幸にならなかったんだ」

「きみの思いなど私には関係ない。チカを傷つけるなら決して許さない」

　セザールはチカを抱く腕に力を込めた。

「誰にも、チカの髪一本だけでも傷つけさせない」

　セザールの身体は燃えたつような熱を帯びていて、チカは俯いたまま床を眺めた。尻尾までちりちりするような険しい声を出すセザールは初めてだ。それに、さっきデオダートが言ったこと――本当だろうか。

　セザールは事情があってチカを引き取ったと言った。できれば、そちらが事実であってほしかった。憎しみのせいでチカを奪っただなんて、思いたくない。だってそれでは、チカは国王とイウリに嫌がらせをするための道具にすぎない、ということだ。

（……そんなはずない。セザール様は、僕を愛してくださってる）

　誰にも傷つけさせない、と言ってくれるセザールが嘘をついているはずがない。

「もちろん、チカ様を傷つけたりはしません。エンリケ様も、弟に会えたら可愛がってやりたいと言っておいででしたから。俺にも頼んでいたんです。いつかあの子が王宮に来ることがあったら、チカのことも守ってやってくれと。――俺は、約束は違《たが》えません」

　そう言ってデオダートは出ていく。セザールはチカを振り向かせると、かがんで忙しなく耳を撫でた。

「怖かっただろう。彼の言うことは気にしなくていいよ」

淡い青の瞳に心配そうに覗き込まれて、チカはまばたきした。セザール様、とか細い声がこぼれ落ちる。

「デオダートが言ったことは、本当？　セザール様が、国王様とイウリを憎んで、僕をさらったって」

「……チカ」

ほんのわずか苦しげに、セザールの顔が曇った。しかし彼はすぐに気を取り直し、優しい笑みを浮かべてチカを撫でてくる。

「嘘ではないよ。私は国王とイウリが憎かった。だが、デオダートが言ったことの半分は間違っている」

長いうさぎの耳を撫でつけ、セザールは丁寧に額に口づけた。

「彼らの元からチカを奪った理由が憎しみでも、チカのことは愛している。さらってきたと打ち明けられなかったのは、チカに嫌われたくないからなんだ」

「っ、僕、セザール様を嫌いになったりしません」

きゅっとセザールの胸のあたりを摑むと、彼はとろけるように微笑んだ。

「チカが私を愛してくれて嬉しいよ。でも、今日は傷ついてしまっただろう。おまえは優しいから、私が国王と不仲だというだけでも、いつも心を痛めているよね。それでも、私のためなら国王を憎んでもいいと考えている。私の心が感じるものを、我がことのように感じてくれるんだ」

「はい」

そのとおりだ。セザールはいつも、チカのことを誰よりもわかってくれている。

「セザール様がよく、チカの痛みは私の痛みだって言ってくださるでしょう。僕も同じです」

「ありがとう、チカ」

セザールはもう一度額にキスし、やんわりとチカを抱きしめた。耳に頬が押し当てられ、低い呟きが聞こえる。

「デオダートはエンリケ王子の守護士であるだけでなく、乳兄弟でもあった。大切な兄弟を愛していたんだろう。王子の死は誰のせいでもないが、チカにはこれからも八つ当たりをするかもしれない。でも、傷つくことはないからね。私が守ってあげる」

「僕なら大丈夫です」

嫌われる経験は初めてで、怖いし残念ではあるけれど、気にしないようにするのは簡単だった。出会ったばかりでよく知らないデオダートより、セザールのほうがうんと大事だし、セザールが愛してくれているなら、他人の愛は必要ない。

セザールさえいればいい。

「僕、セザール様が一番好きです」

チカはきゅっと抱きついて、ぎこちなく、セザールの頬にキスを贈った。

寝台の中でセザールが触れてきたのは、その日の夜だった。寝巻の上から胸に手を添え、おおいかぶさるように覗き込んだ彼は、チカの首筋に鼻を近づけ、ふっと吐息を漏らした。

「今日は一段と花の匂いが強いな。夕方からずっと匂っていたね」

「これは……その」

セザールが「愛している」と言ってくれたときから、自分が甘い匂いを出しているのはわかっていた。夕食のとき離れた位置で護衛に立っていたデオダートも顔をしかめていたから、あの距離でもわかるほど香っていたのだろう。でも、セザールに恋していると他人に知られてももう気にならない。セザール本人に指摘されるのは、どうしても気恥ずかしいけれど。

「……セザール様が、愛してるって言ってくれたから、嬉しくてとまらないんです」

頰を染めて打ち明け、チカは落ちかかる彼の髪に触れた。

「前よりも、好きだって感じるんです。……はしたない、ですか？」

「可愛らしいよ。——脚をひらいて」

声を低めて囁き、セザールが寝巻をたくし上げてくる。脱がせようとしているのだと悟って、チカは膝をひらいて上半身を起こした。かぶって着る裾の長い寝巻を抜き取られ、下着の紐をほどかれる。

青い首飾りだけを残して全裸になると、セザールが目を細めた。愛しげに首飾りの一番大きな石を撫で、そこからゆっくりと身体の中心を撫で下ろしていく。

「チカの身体はとても素直だね。脱がされただけでも勃起《ぼっき》する。抱かれる快感を覚えている証拠だ」

「あっ……」

やんわり握り込まれ、快感が腰からうなじまで駆け上る。セザールは人差し指でささやかなくびれを締め、親指を先端に当てて、残りの指を幹に絡めた。敏感な噴出口をぐりぐりとこすられ、はあ、とため息がこぼれる。今にもおしっこをしてしまいそうな、じゅわっとした熱が上がってきて、尻尾がひくひくした。

「セザール様……それ、したら、すぐ出ちゃ、う」

「少し我慢してごらん。そのほうがもっと気持ちよくなれる」

右手で性器を愛撫しつつ、セザールは左手で脇腹や胸を撫で回した。チカは下腹に力を入れた。息をつめてこらえようとすると、「上手だ」と褒めたセザールが顔を伏せた。

「——っぁ、あ、ああっ」

音をたてて吸われたのは乳首だ。濡《ぬ》れた感触と鈍痛に似た快感とが同時に襲い、チカは後頭部を枕にこすりつけた。

「あ……っセザール、さま、出ちゃ、出ちゃうっ」

「もっとお尻の孔を締めてごらん？　我慢して、胸が気持ちいいのに集中するんだ」

「ん……っでも、……ぁ、……ぅ、ん……っ」

言われたとおりにしたいのに、尖らせた舌で硬くなった乳首を転がされると、びくんと尻が浮き上がった。胸は痺れるようで、腫れた乳首が重く感じる。セザールは小さな乳暈《にゅううん》ごとすっぽり口に含み、強く吸い上げた。

「——ッ、ぁ、あ、あ……ん……ッ」

じょろっと性器から熱い液体が垂れた。セザールが手を動かすと、ぐちゅぐちゅと音が響く。

「先蜜がたくさん出たね。射精は我慢できているよ。チカの乳首、反対側も舐めてあげるから、もう少し耐えるんだ」

「や、も……むりです……っ、や、ん、ぁああっ」

かぶりを振ったのに、セザールはもう一方の乳首にも吸いついて、チカは身体を波打たせた。ずうんと重たい快感が胸から下半身まで響いて、腹が痙攣する。二度、三度と吸われれば耐えきれず、悲鳴のような声が出た。

「ひ……んっ、ん、あ、ああ……ッ」

爆発にも似た放出感に頭が真っ白になり、びくびくと腰が勝手に動く。たっぷりと白濁を撒《ま》き散らしても、性器を握られているせいか、射精したいもどかしい感覚がなくならず、ねだるように突き出してしまう。

「あ、あ……っぅ、セザー、ル、さま、ぁ……っ」

「気持ちがいいだろう、チカ。出してしまっても、まだ足りないね？」

「う……、ぁ、あっ、だめ、ぇ……っ」

ひりつく鈴口に触られるとたまらなくて、チカはきつく敷布を握った。透明な汁がどんどん出てとまらない。達きたい。性器の芯が、痒くて熱い。

「セザール、さまっ、また、出ちゃう……出した、い……っ」

「いいよ。今日はたくさん出しなさい。この可愛い嚢《ふくろ》がからっぽになるまで絞ってあげよう」

にちゅにちゅとチカのペニスをしごきながら、セザールは優しく微笑みかけてくる。

「花の匂いも、もっとさせていいんだよ。扉の向こうまで漂うくらい、もっと発情しなさい」

「は……っ、じょう、」

「心でだけでなく、身体でも私を求めてほしいんだ。チカがどれくらい私を愛しているか、はっきり感じたい」

セザールは精液の飛び散った臍《へそ》に口づけ、丹念に舐め取った。

「おまえに、愛されたいんだ」

「僕、セザール様を愛してます」

「わかっているよ。でも、もっと強く実感したいんだ」

腹の上で目線を上げたセザールの表情は真剣だった。じん、と胸の奥が熱くなって、チカは頷いた。

「愛してます……発情も、する、から……」

「淫らなくらい、私を求めてくれる？」

「――はい」

もう一度頷きながら、チカはうっとりした。大好きな人にほしがられるというのは、なんて幸せなのだろう。セザールがチカに愛されたがっているのだ、と思うと、今までとは違う、甘くて大きな波に飲み込まれていく心地がした。

（セザール様に、僕の全部をあげたい。なんでも、してあげたい――）

セザールは再び臍にキスすると、唇を移動させ、ほとんど毛の生えていない性器の付け根に鼻を押しつける。

「ああ、いい匂いだ、チカ」

「ぁ、……待っ、……ッ、ぁ、ああああっ」

もしかして、と思わず踵《かかと》で敷布を蹴ったとたん、あたたかい口内に性器を含み込まれて、声がほとばしった。

「セザールさま……っ、そんなところ、舐めるなんて、ん、……は、ぁ、んっ」

「チカの読んだ書物には書いていなかった？　これは愛する者への、由緒正しい奉仕だよ」

口から外されたと思うと、大きな舌が裏側にぴったりと添う。根元から先端に向けてぞろりと舐められると、細かな震えが全身に走った。――気持ち、いい。

ねっとりあたたかいのが、おかしいくらい気持ちいい。

「ふ……ぁ、……あ、……ッ」

「性器は濡れたもので刺激されると気持ちがいいんだ。もっと腰を浮かせて」

優しく促されると、考えるより先に身体が従った。踵を浮かせて股間を突き出し、尻の下に枕を入れてもらう。幼児がおしっこをする格好でひっくり返ったみたいだ。だが、羞恥は込み上げても、陶然としたセザールに見つめられるのは幸福だった。

「これで大事な後ろの孔もよく見えるよ。全部舐めてあげるから、チカはたくさん射精するんだ。——出して、見せてくれるね？」

「……、はい……」

セザールに言われるなら、どんなことも喜びだ。耳を片方口に運んで、端を噛む。

「いっぱい、達き、ます」

「声もたくさん出すんだよ。チカが大好きなおっぱいもいじってあげるから」

セザールは満足そうな表情で、ふるふると揺れるチカの分身に口づけた。吸うように口内に迎え入れながら、手を胸に這《は》わせる。探り当てた乳首を両方、きつく引っぱられて、チカは口を開けた。

「は、ぁ……ん、……っぁ、……あ、ぅ、……んっ」

甘えたようにうわずった声が部屋に響き渡った。こんなに大きな声では外まで聞こえてしまいそうだ、と一瞬思ったが、痺れた乳首を優しく転がされると、躊躇《ちゅうちょ》も吹き飛んだ。

「あ……ふ、あっ、あ、セザール、さま……っ」

「胸とペニスと、どっちが気持ちいい？」

「ん……っ、どっちも、あ、んっ、すき……っ」

ぎゅっと乳輪をつぶすようにつままれるのも、たっぷり唾液をまぶした先端を舌でくすぐられるのも悦《い》い。くびれを唇で締めつけ、強く吸われれば、つきんとした痛みが昂《たかぶ》りの芯を貫いた。

「――ッ、は、……ぁ、……ッ」

ぴゅくぴゅく吹き出してしまう瞬間もセザールは口を離さず、出し終わるとごくりと嚥下《えんか》するのが伝わってきて、意識がどろりと溶ける気がした。いくらなんでも、飲むなんて普通じゃない。でも、異常な行為までしてくれるのが嬉しかった。

「チカは精液も花の匂いだ。おいしかったよ」

「ふぁっ、……あ、ふ、ぅ……っ」

セザールは性器の根元の膨らみも口に含む。飴玉のようにそうっとしゃぶられて、同時に乳首をひっかかれ、音がすうっと遠ざかった。

「あ、は……ぁ、んん……っ、は、……ぁ、あ……ッ」

やわらかな蟻《あり》の門渡《とわた》りを、唾液がしたたっていく。こりこり刺激される胸は痺れたまま腫れ上がったようだった。感じすぎて苦しい。垂れた唾液が冷えて窄まりまで届き、冷たさが逆に燃えるようだ。むずむずするそこを、強く抉ってほしかった。

「ぅ、……あ、……っは、セザ……ル、さまっ」

「お尻が動いているね。口淫が気に入った？」

　セザールは窄まりにかるく口づけた。

「ここも、ぱくぱくひらいたり閉じたりしているよ」

「そこ……っ、か、かゆ、い……っ」

「痒いの？　舐めてほしいんだろう？」

「——ッ、ひ、ぁ……ん……っ」

　ぬるりと舌が窄まりの中に入る感触は強烈だった。かっと下腹部全体が熱くなり、続けてずきずきと疼き出す。くちゅくちゅかき回される浅い場所には快感があるのに、それが奥まで届かないのがもどかしい。痙攣し、不規則に蠢く腹の中が、ねっとりした泥になったみたいにだるかった。荒い息をつきながら幾度となく尻を跳ね上げ、どうにもならなくてチカは懇願した。

「セザールさま……っ、なか、……なか、入れて……っ」

　前回のように、彼の分身を挿入してほしかった。焼けるような感触が蘇《よみがえ》って、耳の先までちりちりする。

「おなか……あついんです……っ」

「入れてほしいなら、もう一度射精してごらん。孔と、大きくなってしまったおっぱいをいじられるだけでも達けるはずだ」

　セザールは膨れきった乳首の縁を撫でた。

「上手に達けたらもう一度おねだりするんだ。自分でお尻の孔を広げて、セザール様のもので貫いてくださいって」

「そんな……ん、……っふ、……ぁ、……ッ」

ぐにゅりと揉むように胸をつままれ、目の奥が痺れる。ねだるなんて恥ずかしい。でも、熟れた窄まりを見せながらねだる自分を思い浮かべると、肌の内側が濡れて崩れるような錯覚がした。

恥ずかしいのに嬉しい。

「チカ、蜜がどろどろ出ているよ。もう達きそうだね。出すときはちゃんと、出ますと言うんだ」

「ぁ、はぁっ、ぅ、……あ……は、んっ」

かすかに笑ったセザールの吐息や、太腿にかかる彼の髪までが気持ちいい。くすぐるように尻の孔を舐められながら、つまんだ乳首をきつく引っぱり出されると、きゅんと股間が縮まるように感じた。

「っで、出ます……っ、ぁ、い、いく……、ぅ……ッ」

背を弓なりに反り返らせ、チカは吐精した。吹き出すというより漏れ出すようで、少ない白濁がこぼれていく。ぽとぽと雫を落として出なくなっても、熱湯に焼かれるような射精感はおさまらず、苦しい快感に身悶《みもだ》える。セザールは顔を上げ、絶頂の余韻に浸るチカを見下ろした。

「上手に出せたから、おねだりしていいよ。さっき教えたとおりに言えるね？」

「……、ん、」

耳鳴りのせいでセザールの声が遠かった。チカは緩慢に頷いて、ひらいた内腿に手を添えた。おずおずと濡れた窄まりに指を伸ばし、そこをくつろげる。

「セザール、さまので……っ、貫いて、ください……」

「チカは優秀だね。私の言葉は決して忘れない」

微笑み、セザールは服を脱がないまま腰を寄せた。裾を上げて下着をずらし、硬く充実した雄をチカの蜜孔に押し当ててくる。熱い、と感じた直後には斬り込むように肉の塊が侵入し、ぼうっと意識が遠のいた。

「……は、……ふ、……ぅ……っ」

「少し舐めただけなのにとてもやわらかいね。襞がしっかり吸いついてくる」

「……っん、あ、……っ、は、ぁ……あ、アッ」

「ああ、うねったな。かるく達してしまったんだろう」

セザールはひそやかな声で囁きながら、受け入れた下腹部を撫でてくれた。

「前より奥まで入れられそうだ。強く突いてあげるから、もっと喘ぐんだ。喘いで、好きだと言ってくれ」

「——ッ、ぁ、……ぅ、ん、ん……ッ」

ごり、と腹の中が捏《こ》ねられる。硬くて太いものはわずかに引いては、より奥へと攻め立ててきて、その都度中が変形していくようだ。ひずんで、セザールの性器のかたちにくり抜かれる。暴力的なほど熱い切っ先が奥の粘膜を押し上げると、喉までつめ込まれたように気が遠くなった。

「ぁ……っ、……ッ！」

甘い絶頂感に見舞われて、五感が霧散していく。唾液と涙をこぼして震えながら、チカはセザールを見上げた。ぼやけてよく見えない。はっきり感じるのは、つままれた乳首と、おさめられた雄蕊《ゆうずい》のかたちだけだ。

「奥でも達けるようで嬉しいよ。さあ、もう一度、もっと思いきり達してごらん」

「ッ、――ぁ、ひ、……ぃっ、あ、ア……ッ」

ごちゅん、と容赦ない突きに襲われて、ふらふらと足が揺れる。無意識に「いく」と口走り、チカは喘いだ。

「は、ぁ……ッ、す、き……っ、好、セザー……、ッ、あ、……ッ！」

「もっとだよチカ。もっと声を聞かせて」

水の幕を通したように、くぐもったセザールの囁きが聞こえる。それがまるで懇願するかのように思えて、チカは太腿で彼の腰を挟んだ。苦しいけれど、身体中に甘い喜びが満ちていて、幸せだった。

「セ、ザールさま、もっと……っん、ぁ、う、うごいて……あ、あッ」

「奥が気に入った？」

「んっ……すき……っ、セザール、さま、すき……っあ、ぁ、んっ」

喘ぎ続ける喉が痛んだ。下半身は麻痺《まひ》したみたいに痺れ、突かれると内臓がよじれるようだ。壊れちゃう、と思いながら、チカは恍惚《こうこつ》とした笑みを浮かべた。

「好き……セザール、さま……っ」

壊れてもいいから、このままずっと抜かないでほしい。セザールがさみしい声で頼まなくてもいいように、つながったまま、彼のものになって溶けてしまいたかった。

◆

◆

◆

手紙鳥を放つと言ったら、チカは物見台までついてきた。青く美しい鳥の背を撫でる私を眺めて、垂れた耳が小さく上下する。拗《す》ねた顔を隠すように、自分も鳥の嘴《くちばし》の下に触れて、チカは言った。

「セザール様は、鳥が好きですよね」

「鳥は美しい生き物だからね。歌声が美しい鳥も多い」

「……僕は、美しくない？」

「もちろん、チカも美しいよ。この耳の毛並みは絹のようだ」

鳥にまで幼い嫉妬を抱く性格は誰に似たのだろう。私は苦笑しつつ、チカの耳を撫でてやった。

「手紙鳥は羽が美しいだけでなく、とても賢いのだよ」

「迷わずに、手紙の宛名のところに飛んでいくから？」

「それだけじゃない。彼らは私たちを友達だと思ってくれているんだ」

ぴぃ、と小さく鳥がさえずる。つぶらな瞳で私を見つめ、赤い飾り羽のついた羽を広げると、優雅に飛び立った。長く垂れ落ちる尾羽の翠《みどり》が太陽に煌めく。旋回して別れを告げた手紙鳥が西へと飛び去ると、チカはささやかなやきもちを忘れたように感嘆のため息を漏らした。

「今日の手紙は、どこまで？」

「『四《よん》の島《しま》』の図書塔までだ」

「……遠くまで手紙を届けられる鳥もすごいけど、会ったことがない人から手紙が届くセザール様は、もっとすごいですよね」

　相談のお手紙だったんでしょう、と振り向いたチカの目には、もうきらきらした尊敬の光だけがある。まだ七歳の彼の中で、私がどれほど偉大で、彼の世界のすべてかを想像すると、自然と笑みが浮かんだ。

「会ったことはある。昔、『二の島』で大きな読書士の会議があって、世界中から特に優秀な読書士たちが集まったんだ」

「じゃあ、相手の人も優秀なのに、セザール様を頼るんだから、セザール様はもっとすごいってことでしょう。塔の読書士たちが言ってました。セザール様なら大読書士長にもなれるって。大読書士長って、読書士と書記士全員の中で、一番すごい人がなるんですよね？」

　チカは自分のことのように誇らしげだった。必ずしも優秀だから役職につくわけではない――などと無粋なことは言わずにただ頷くと、チカは抱きついてきた。

「『二の島』は世界で一番大きい島ですよね。ビサンシアっていう大きな国と、広い森と、小さな商業国がいくつもあって、書物もたくさん眠っているんですよね。——どんなところ？」

「ビサンシアの首都は綺麗だよ。一度水没してしまった故事は知っているね？　そのあとに新たに建築されたから、機能的で使いやすい街だ。人間が大勢いて、うさぎの数も、ほかの島より多い。森には『二の島』にしかない変わった花が咲く」

まぶたを伏せれば、輝かしい日々は簡単に思い出せる。私の人生で一番、憂いなく希望と自信に満ち溢れていた頃だ。

まばゆい栄光はけれど、苦い挫折と隣りあわせでもある。なにも知らずに『二の島』で会議や発掘、知りあった読書士との議論に熱中しているあいだに、あの忌むべき関係が積み重ねられていったのだ。

あのとき、無理にでもイウリを連れていったなら、どんな人生だっただろう。

そう思いながら、私はチカに聞いた。

「チカは、『二の島』に行ってみたい？　それか、魔物は多いが貴重な書物が眠る『六の島』や、私の知りあいがいる『四の島』——どこか遠くへ、行ってみたくはないか？」

さきほど返事を出した『四の島』からの手紙は、移住の誘いだった。優秀かつ読書士として誇り高い彼は、ポルトカレ王国での私の処遇に憤っていた。きみほどの逸材を、もっとも重要な図書塔に勤めさせるのは正しい選択だが、ならばなぜ、もっとも高い位を与えないのか、読書士そのものに対する侮辱ではないかと書き綴《つづ》り、我が国の王ならちゃんと尊重してくれるから、ともに研究に励んでほしいと結ばれていた。

悪くない提案かもしれない。ここを離れれば、きっと楽になる。

そう思いながらチカを見下ろすと、彼は幼い仕草で首をかしげた。

「セザール様と一緒なら行ってみたいけど、セザール様がいやなら、僕はここでいい」

背伸びして、小さな手で私の頬に触れてくる。

「セザール様、気乗りしなさそうな顔です。きっと、ほかの島の森はうんと怖いんですよね？」

「……怖くはなかったけれどね」

苦笑して言った言葉にはとりあわず、チカはどこまでも一生懸命だった。

「僕、怖いのはいやだけど、セザール様が行かなくちゃいけないときはちゃんと一緒に行きます。僕はうさぎだもの、読書士とは『ぱぁとなー』っていうのになれるんですよね。六階の読書士が言っていたんです、セザール様がチカを育てているのは、自分のうさぎにするつもりだからだろうって。僕、すごく嬉しいです」

「嬉しい？」

「はい！　だって、セザール様のお手伝いができるもの。いっぱいお役に立って、ずうっと一緒にいたいから」

そう言って、チカははにかむように笑った。

「僕、はやく大きくなって、立派なうさぎになりますね。血がつながらないのに、大事に育ててくださった恩返しです」

微塵《みじん》の疑いもない、まっすぐな青緑色の瞳を見るとたまらなく胸が疼き、さまざまな思いが溢れた。優しく純粋なチカ。期待どおりに、一途《いちず》に私を慕うチカ。あのひとと同じ毛の色と、同じ色の瞳を持つうさぎ。彼を連れてどこか遠くへ旅立つ未来はきっと幸福だろう。もし、なにもかも忘れられるなら。捨ててしまえるなら。

甘美な空想だが、私には自分との約束がある。必ず果たすと決めた約束を破るのは、人生を無にするのに等しい。

私は極力優しく、チカを抱きしめた。

「おまえを育てたのは、うさぎとして役立ってほしいからではないよ。なにも知らない読書士の言葉など、信じなくていい」

「……でも、僕、かまいません。一緒にいられれば、それだけでいいんです」

「もちろん、一緒にいよう。でも忘れないでくれ。チカがチカだから、私はおまえを慈しむんだ。ほかの誰でもなく、おまえだから――理由や目的なんて、なにもないんだよ」

このまま愛されていなさい、とそっと言い聞かせて、決して言えない台詞《せりふ》は胸の内で続けた。

いつか壊れてしまう日までは、ただ幸福に――無垢《むく》なまま、私を愛していてほしい。

◆　◆　◆

王都は華やかな街だった。遠目にも街全体が白く輝いて見える。ひときわ高く突き出た尖塔《せんとう》は王宮の一部だと、セザールが教えてくれ、それが背後の森の緑の中、堂々とそびえていた。

街道の左手にははにぶく灰色に煌めく海が見え、岸に沿って港町があるのも見下ろせた。城下町と港町の境はほとんどなく、まるでひと続きの巨大な街だ。街の手前もひらけた土地になっていて、畑の中に家が点在している。

街の中に入れば、白を基調にした家々が美しかった。通りは広く、人の数も比べものにならない。圧倒されているうちにデオダートたちは王宮へと進み、チカは緊張して身体を強張《こわば》らせた。

王子だとか世継ぎだとか言われても、まったく実感がわかなかったけれど――壮大な王宮を目の前にすると、「逃げられない」という気がしてくる。

（僕、王子様になんてなりたくないのに）

足を踏み入れたら捕まって、二度と出してもらえないかもしれない。

周囲を囲む灰色の塀は分厚く高い。堅牢《けんろう》そうな門には守護士がいて、デオダートを見ると恭しく通した。なにもない砂場を抜け、もうひとつ壁を過ぎると、小さな木が行儀よく植えられた広い庭だった。白い四阿《あずまや》、咲き乱れる花の黄色や薄紅色。彫刻の蔦《つた》飾りのついた屋根が見えて、建物の入り口かと思ったら、円柱の並ぶ廊下のようになっていて、その先がやっと建物だった。

図書塔の大広間も広いと思っていたけれど、王宮の入り口のホールはもっと広いように感じられる。

「緊張することはないよチカ。不安なら、私と手をつなごう」

セザールが囁いて手を取ってくれる。頷いて、チカは彼のほうに身を寄せた。

（怖いけど、セザール様がいてくださるもの。王様に会ったら、すぐ帰るって言おう。王子にはなれませんって断らなきゃ。それにセザール様のことも、王様のほうが悪いことをしたなら、謝ってくださいって言おう）

デオダートはどんどん進んでいく。白と金で彩られたホールから、紅い絨毯《じゅうたん》の廊下へ。その途中を左に曲がって開けはなされた大きな扉から外に出ると、庭には人がいて、チカはどきりとした。

紺色の豪奢《ごうしゃ》な服をまとった恰幅のいい男性が国王フレデリコだと、一目でわかった。数人の侍従たちとは雰囲気が違う。歳は四十過ぎだろうか。白いものの混じった焦げ茶の髪はゆるく波打ち、温和な顔を縁取っている。眉は太く、顎髭も立派で、セザールほどではないが背が高い。きっと普段は優しくも威厳のある王なのだろうが、彼はチカを見ると、みるみる顔を歪ませた。

「ああ……チカ」

つんのめるように踏み出しながら伸ばされた手は震えていた。濃い青の瞳からは涙が流れて、チカの前まで来ると泣き笑いの表情になる。

「大きくなったな、チカ。会いたかった——十八年、ずっと会いたいと思っていたよ」

チカは強張ったまま彼に抱きしめられた。ぽってり出っぱったおなかを押しつけ、頭のすぐ脇で啜《すす》り泣く王の身体は熱くて、どう対応していいか困ってしまう。

想像していたフレデリコとはずいぶん違う。もっと身勝手で欲深そうな人だろうと思っていたのに、渋みのある独特の声までが穏やかだ。震えながら何度もチカの頭を撫でる手つきには、言葉にならない愛情が溢れていた。

（……全然、悪い人じゃなさそう）

　セザール以外に抱きしめられるなんて初めてだ。実の父親が愛してくれていると思うと悪い気分ではないけれど、抱きしめ返していいものか、決心がつかない。かといって、突き放すこともできなかった。

（会ったら、あなたのことなんか知りませんって言うつもりだったのに――）

　こんなに優しそうな人だなんて想像もしていなかった。これでは、チカの後ろで刺々《とげとげ》しい空気を発散しているセザールのほうがよほど恐ろしい。

　セザールが、国王に抱きしめられるチカを見ているのははっきりと感じ取れた。今にも爆発しそうな怒りの気配のせいで、余計にどう振る舞えばいいのか見当がつかない。

　立ち尽くしていると、王は顔を上げ、チカの肩に手を乗せてセザールのほうを見た。

「セザールも、久しぶりだな。なにからそなたに話せばいいか――とにかく、礼を言う。チカを大切にしてくれて、本当に嬉しい」

「――陛下のために慈しんできたわけではありません」

　セザールは侮辱されたかのように顔をしかめた。吐き捨てるような口調にも、フレデリコは「わかっているとも」と穏やかに返す。そうしてまた、嬉しげにチカの顔を見つめた。

「儂《わし》のためでなくてもいいのだ。――ああ、イウリによく似ているな」

王の目からはまた涙が流れて、きっと、とチカは思う。フレデリコ王はよほど、イウリを愛していたのだろう。チカがなにも知らない、チカを産んだひとを。

（……愛してたならどうして、結婚しなかったんだろう）

正式な夫婦なら、セザールだって二人を嫌いはしないはずだ。

「長旅で疲れただろう。夕食にはご馳走《ちそう》を用意しておいたが、その前にお茶で身体を休めるといい」

フレデリコは涙を拭うとチカを促した。背中に手を添えて芝生の上のテーブルを指さし、セザールとデオダートにも目を向ける。

「セザールのそばのほうが安心だろう？　並んで座りなさい。デオダートも、ご苦労だった。今日はゆっくり休んでくれ」

デオダートは黙って敬礼して踵を返す。チカは慌てて呼びとめた。

「あの！　……旅のあいだ、ありがとうございました」

彼は優しかったわけではないが、いつも仕事には忠実だった。もしかしたらもう会えないから礼を言っておこうと思ったのだが、意外だったのか、振り返ったデオダートは驚いた表情だった。しばらくチカを見つめたあと、普段よりも優しい顔つきになる。

「礼には及びません。――殿下はどうぞ、陛下とごゆっくりお過ごしください」

改めて頭を下げて去っていくのを見送って、チカはセザールを振り返った。彼は不機嫌な表情だったけれど、チカに向かっては優しく頷いてくれる。

「大丈夫だよ。誰も、チカに悪いようにはしない」

「――はい」

たしかに、王がチカにひどいことをするとは思えない。これなら王子にはなれないと断っても受け入れてくれるかもしれないが、会っただけで泣いてしまうような人に言っても大丈夫かどうか、チカにはわからなかった。

悪い人ならよかったのに、と思いながら、フレデリコを盗み見る。

強引だったり偉そうだったりする人なら、申し訳ない気持ちにならなくてもすんだだろう。

強張りをとききれないまま緑色のガーデンテーブルにつくと、侍従たちがすばやくお茶を注いでくれた。淡い色のパンに塩漬け肉を挟んだ軽食と、卵と果物を使ったお菓子、干した果物と木の実を入れた焼き菓子が並んでいる。お茶用のミルクや蜜も、大きな入れ物にたっぷりと用意されていた。

「遠慮しないで食べなさい。チカの到着にあわせて、菓子をたくさん作らせたんだ」

向かいに座った王はにこにこしている。チカは隣のセザールを見て、彼にも食べていいよと言われてから、肉を挟んだパンを口に運んだ。一緒に入れてあるのはぴりりと刺激のある香草で、チカの好物だった。強めの塩気と爽やかな香味が疲れた身体に染み渡り、あっというまにひとつ食べてしまう。ミルク入りのお茶を口に運べば、こちらも、チカの好きな薄荷の匂いがする。

「おいしいかい、チカ」

微笑んで見つめるフレデリコに聞かれ、チカは小さく頷いた。無言でも、反応を喜ぶようにフレデリコは目を細める。

「香草はイウリも好きだった。儂が苦手な辛いものも好きで、よく食べられるなと感心したら、うさぎはたいてい香草が好きなんだと言って恥ずかしそうでね。――控えめなひとだった」

お茶のカップを片手に懐かしそうに言ったフレデリコは、機嫌を窺《うかが》うようにセザールを一瞥した。彼は表情を隠して菓子を食べていて、チカが見てもなにを考えているかよくわからない。肌を刺す怒りの気配は相変わらずだが、王の話を遮る気はなさそうだった。拒絶するかのような態度に王は寂しげな表情を見せ、それから気を取り直したようにチカに目を向けた。

「チカは、イウリについてはどれくらい知っている？　きみの母親のことだ」

「……なにも知りません。名前だけです」

「あまり聞きたいと思わないかもしれないな。だが、イウリが素晴らしいうさぎだったことは知っておいてほしい。綺麗な女性で、儚《はかな》げで神秘的な雰囲気の外見どおり、性格も繊細で、とても優しかった。――彼女は、なにも悪くないんだ」

そう言うと、フレデリコはカップを置いた。セザールに向かって、深く頭を下げる。

「改めてきみには詫《わ》びなければならないな。きみを傷つけて、申し訳なかった」

セザールは無言だったが、ぐっと怒りが冷たさを増すのが伝わってきて、チカははらはらした。王は頭を下げたまま続ける。

「きみの怒りや悲しみが消えることはないだろうが、どうか償いをさせてもらいたい。……正直に言えば、チカとともに戻ってほしいと頼んでも、きみは来てくれないかもしれないと思っていた」

「――」

「だが、来てくれた。どんな思いで来たにせよ、儂にとってきみは大事な友人だ。再会できてとても嬉しいよ。せっかくの機会だ、望むことはなんでも言ってくれ。できる限りそのとおりにすると約束する。できれば王都に、いや、王宮に滞在してほしいと思っている。きみがいないあいだに、王宮図書館の蔵書も増えた」

　熱心なフレデリコの口調にも、セザールが心を動かされる様子はなかった。無言を貫いているのが彼らしくないように、チカには思える。図書塔での彼は、仕事熱心な分厳しい面もあるから近寄りがたく感じる読書士もいたが、人が話しかけるのを無視したり、不機嫌さを隠さなかったりするような傲岸な性格ではなかった。ごく稀《まれ》に、来訪した客が無礼なときはすげなく追い払うこともあるが、丁寧な物腰の相手にはきちんと対応する。

　フレデリコは王なのに、身分が低いはずのセザールに対しても礼儀正しいし、高圧的でも一方的でもない。チカが頼まなくても謝ってくれたのに、頑なになる理由がわからなかった。

（オラーヴォ先生が来たときも、デオダートが来たときも怖いと思ったけど……今日のセザール様は、もっと怒ってるみたい）

　黙っているのに、今にも襲いかかろうとする魔物みたいに攻撃的な雰囲気なのが、チカには恐ろしいし悲しい。

「きみの力を借りたい書物ばかりだ。どうだろう、しばらく王宮にいてはもらえないか？」

かき口説くのにも似た調子で言い終え、フレデリコが口をつぐむと、セザールはゆっくりお茶を飲んだ。それから、冷たい眼差しで王を見やる。

「黙って聞いていれば、身勝手なことばかり、よくもそう堂々と言えるものですね。大事な友人とやらを裏切るだけのことはある」

横で聞いているチカまで背筋がぞくりとする、硬い声だった。フレデリコがなにも言えずに拳を握りしめる。セザールは軽蔑するように目を細めた。

「私の怒りや悲しみが消せないほど強いとわかっていたことが、むしろ驚きです。わかっているくせに詫びがしたいなどと言うのはもっと驚きですが……どうしてもと頼むなら、どれほどのことをしてくれるのか、示してもらいましょう」

「もちろんだ。できることはなんでもする」

「図書塔の書物は、今後も一冊も、いえ、一頁たりとも国には渡さない。王宮の図書館の書物もすべて、私のものにさせてもらう」

チカはそわそわとセザールの横顔を見つめた。取り返しのつかない事態になってしまいそうで怖い。セザールにはこんな怖い顔をしてほしくないし、強欲な人間みたいなことを言ってほしくもなかった。だが、袖を引いてこちらを見てもらう勇気が出ない。

フレデリコの前だと、セザールはまるで別人だ。

王はおもねるように笑みを浮かべた。

「わかった。書物はすべてセザールのものでいい。きみは立派な読書士だ。どんな知識も民には伝えてくれるから、それで十分だ。うるさい貴族は儂がなんとかする」

「ずいぶん簡単に言ってくれますね」

セザールは軽蔑するように顎を上げた。

「書物を与えるかわりに、チカをよこせと言うつもりですか。あなたが愚かにも愛したうさぎの子を、自分のものにしたくてたまらないんですね」

「そうではない。ただ、チカは儂の息子でもある。会って話をしたかっただけだ」

「会いたいだけなら、図書塔まで出向いてくればよかったでしょうに」

残ったお茶を飲み干して、セザールは立ち上がった。チカも慌てて立とうとすると、そっと肩を押さえられる。

「チカはそのままで。話がしたいそうだから、つきあってあげなさい。——二時間、差し上げます」

最後の言葉はフレデリコに向けたものだった。侮蔑の表情を浮かべ、王を見下ろす。

「好きなだけ親子の再会を喜んだらいい。チカに嘘を吹き込んで、懐柔できるかどうか試してみてはいかがですか」

「儂は嘘などつかぬ」

「真実を言わないのも、嘘と一緒です。あなたが私に嘘をついたことを忘れないでいただきたい」

王を睨みつけたセザールは、背中を向けて去っていく。チカは声を出せないまま見送り、戸惑ったままフレデリコに向き直った。――どう、すればいいのだろう。

フレデリコは諦めたような笑顔を見せた。

「セザールは真面目で一途な男だ。儂の罪はひとつも許す気はないのだろうな」

「……セザール様は優しい方です」

できれば彼らには対立してほしくないが、仲よくしてもらえないなら、セザールの味方をするしかない。きゅっとおなかに力を入れて見つめると、フレデリコはほっとしたように眉を動かした。

「そうか。チカには、あいつは優しいのだな。――あまり食も進まないようだ、少し庭を散歩しようか。菓子はまたあとで、好きなときに食べればいい」

散歩をしたい気分ではなかったけれど、セザールの言葉を思い返して、チカは立ち上がった。二時間話せ、とセザールが言うなら、そのとおりにしたほうがいい。

（嘘で懐柔する気ならしてみろってセザール様は言ってたよね。……懐柔なんか、されるもんか）

優しそうに見えても油断してはだめだと、チカは気持ちを引き締めた。

侍従たちに片付けを任せ、チカとフレデリコは二人で庭を進んだ。蔦草を絡ませたアーチをくぐり、こぽこぽと水が吹き出す水盤のある、可愛らしい場所でベンチに腰かける。

「綺麗な庭だろう。この庭木の整え方も、あの水盤の仕組みも、読書士が書物の中から見つけ出したものだ。ポルトカレは優秀な読書士が多いし、図書塔も大きい。森にもまだたくさんの書物が眠っているといわれていて、『二の島』のビサンシア国にも一目置かれておるのだよ。読書士が初めてうさぎに出会ったのも、この『五の島』でだったと言われている」

「知ってます。セザール様に教えてもらいました。世界で一番古い国は『二の島』のビサンシア王国だけれど、『五の島』でうさぎに出会って、豊富に書物が見つけられたから、ビサンシアの圧政を嫌う読書士たちが自分たちの国を作ったんですよね。それがポルトカレ王国のはじまりです」

「チカは歴史の勉強もしているのだな」

　フレデリコは嬉しそうに顔を綻ばせた。

「セザールはよい教師だろう。彼はとても優秀な読書士だ。たった九歳のときに、それまで誰も読めなかった書物の言語を解読して、神童だと騒がれて王都に来たのだ」

「それも知っています。王都の学び舎に通うことになったけど、すぐにそこで学べることもなくなって、王宮でオラーヴォ先生に教わることになったんでしょう」

　張りあって言い返すと、フレデリコはさらに微笑ましそうに相好を崩した。

「オラーヴォ先生とは会ったことがあるのだな？　彼は儂の恩師なんだ。セザールが王宮づきの読書士として来た頃は、儂もまだ王子だった。たしか彼が十二、儂が二十歳《はたち》だった。ともにオラーヴォ先生に師事したから、学友ではあるが、儂よりセザールのほうが何倍も優秀でな。王宮をあけて書物を探しにいく回数も儂より多かったよ」

我がことのように誇らしげにフレデリコは言う。

「賢すぎるから危険視する貴族もいたし、やっかむ読書士もいたのだが、セザールは歯牙にもかけなかった。愚か者を相手にする時間が無駄だと言ってな。自分の能力に絶対の自信があって、誇り高くて……儂の目にも傲慢に見えることはあったが、高潔な人間なのだ。尊敬して教えを乞う者や、助言を欲している相手には、惜しまずになんでも教えるから、すぐに人望も集めた。出会って半年後に儂が結婚したときには、王族も大変ですねなどと大人みたいな顔をして言ったよ。所帯を持つと危険な森への探検は躊躇するようになるから、読書士は一般に結婚が遅い。儂もできれば長く読書士でありたかったたが、父が体調を崩しがちで、結婚を遅らせることはできなかったんだ。妻のことは愛していたが、正直寂しい気持ちもあったのを、セザールは知っていたんだろう。――いい友人だった」

懐かしそうな表情に、チカは内心首をかしげた。口ぶりからは、彼がセザールを嫌っているとはとても思えない。セザールのほうが八歳も年下なのに、対等の人間か、あるいはそれ以上に敬っているようだ。

(それに、僕が知ってることを話したときは、ひとつも嘘は言わなかった)

もしかしたら、フレデリコは本当に、チカに会って話したかっただけかもしれない。

「フレデリコ……様は、セザール様のこと、好きなんですか?」

おそるおそる聞けば、フレデリコはくしゃくしゃとチカの頭を撫でた。

「もちろんだとも。いずれ国王になったら、セザールに右腕になってもらい、よりよい国になるよう努力しようと思っていたよ。そう思えたのも、セザールが立派な人間だったからだ」

「……仲がよかったなら、どうしてセザール様はあんなに怒るんですか？」

「儂が過ちを犯したからだよ」

フレデリコは深くため息をついて、膝の上で手を組みあわせた。

「セザールが十九歳になるまでの七年間、我々はよき友人だった。エンリケが生まれたときには、セザールも祝福をしてくれた。だが、彼が十九歳になってすぐ、読書士協会から与えられたうさぎと契約をしたんだ。それがイウリだ。チカにそっくりな毛色だった」

チカは自分の耳に触れた。なめらかな手触りの耳は髪の毛に似た、クリーム色がかった茶色だ。

「十九でうさぎと契約できるのは異例のことだ。そもそも、読書士になれるのは早くて十八、遅ければ二十五歳になることもある。九歳で読書士の試験に受かったセザールは異例づくしの存在だったから、貴重なうさぎを与えられても当然だった。だが、当然と思っていても、セザールも誇らしかったのだろうな。儂の元に、手に入れたと報告に来た」

そう言って、フレデリコは否定するように頭を振った。

「いや、違うな。半分は報告だったかもしれないが、半分はもちろん、お悔やみを言いに来てくれたのだと思う」

「お悔やみ？」

「私の妻だ。結婚して七年たらずで亡くなってしまってね。後継としてエンリケと王女を遺《のこ》してくれたが、娘は三歳、息子もまだ六歳になったばかりだったから、もう一度妻を娶るべきか、儂は悩んでいた。父が亡くなってから一年も経っていない頃で、さまざまな重圧と妻を亡くした悲しみがのしかかって、沈んでいたのだ。――というのは、言い訳に聞こえてしまうかもしれないが」

チカを一瞥し、遠くに目を向けたフレデリコは寂しそうだった。

「そんなところに来たセザールは、いつにもまして自信に溢れていた。傍らには美しくおとなしそうなうさぎがいて、儂の妻へのお悔やみを言ったあとで、紹介してくれたよ。自分のパートナーになったイウリだ、すぐにでも婚約するつもりだとね」

ずきりと胸が痛んだ。婚約――ということは、セザールはイウリのことが好きだったのだ。

セザールは大人だ。三十七歳という年齢を考えれば、恋のひとつや二つ経験があってもおかしくないのだが、チカ以外の誰かを愛していたのだ、と思うと心がちくちくする。

それは覚えのない、初めて味わう感情だった。重たくて、胸の内側が黒く濁っていくようだ。

それに――イウリがセザールの婚約者だったなら、なぜチカは彼の子供ではないのだろう？

（……まさか、王が――無理やり、とか？）

あるいは、イウリが不貞を働いたか。

「正直に言えば、羨《うらや》ましかった」

ぞっとして俯いてしまったチカの横で、フレデリコは自嘲するように言った。

「災難続きの自分と違って、前途洋洋、不安も迷いもなさそうなセザールが恵まれて見えた。しかも相手は貴重なだけでなく、格別に美しいうさぎだ。羨みはしたが、大切な友の慶事だから嬉しいとも思った。だが、おめでとうと言って彼女に挨拶しようと声をかけて、イウリの顔を見たときに不安がわいた」

「不安……ですか？」

「イウリは青ざめて、絶望したような顔をしていたのだ。儂の挨拶に、咄嗟《とっさ》に声が出ないほどだった。顔色が悪いと指摘すると、セザールは不機嫌そうに、彼女は身体が弱いのだと説明したよ。能力は高いが、体力がないのが玉に瑕《きず》だと言って、だから『二の島』の読書士の会議にも連れていけないと嘆いたんだ。イウリは申し訳なさそうに謝って、そのままうずくまってしまった。セザールは連れて帰ると言ったが、あまりに具合が悪そうで見かねてな。『二の島』に行くあいだ、王宮で預かろうと申し出た。セザールは王宮図書館づきの読書士だし、儂の学友でもあるのだから、家族の面倒を見るのはおかしなことではない。街の中の家よりは安全だから、セザールもそのほうがいいと思ったようで、すぐにイウリは客間に運ばれた。数日後にセザールが旅立つまで、彼女は寝台から起き上がることもできなかった。——儂は、毎日のように彼女の部屋に通った」

　苦くなった口調に、やっぱり、と思う。話の流れで想像できる事態はひとつしかなく、そのとおりに、フレデリコは続けた。

「惚《ほ》れてしまうまでは、何日もかからなかった。病弱で控えめだが、頑固なくらい遠慮ばかりしていてね。それが気高く感じられるひとだった。自分のほうがつらいだろうに、儂の立場や子供たちのことを案じてくれて……不思議で、神秘的で、目を離せなくなるような女性だったんだ。儂はようやく起き上がれるようになったイウリを励まそうと庭に連れ出して、セザールの話ばかりした。彼がどんなに優秀か、高潔か。だが、話せば話すほどイウリの表情は暗くなるばかりで、セザールとの婚約がいやなのだと察するしかなかった。なぜだ、と聞いてもなかなか心をひらいてはくれなかったが、初めて怖いのだと打ち明けたときには、イウリは泣いていた」

「泣いて――？」

「読書士として契約を結ぶのも、本当はいやだったのだそうだ。両親が病気になって、やむなく読書士とともに働くことには決めたが、相手を決めたのはイウリではなく、読書士協会とセザールだった。仕事相手ならそれでもいいが、婚約するなどとは、儂の前で言うまで一言も聞いたことがなかったそうだ」

「……っ、セザール様は、そんなことしないと思います」

　これが嘘だ、とチカはフレデリコを睨んだが、彼は寂しそうに微笑むだけだった。

「セザールはよほどチカには優しいようだ。だが、当時のセザールには、そういう独善的な部分もたしかにあった。人の意見や判断を待たずに決めてしまうが、優秀すぎて誰も文句を言えないことがたびたびあったのだよ。読書士としてなら、それでもいい。彼の判断が間違っているはずがないからね。だが結婚は――恋愛はべつだ。儂はセザールを好きだが、イウリが女性として、伴侶としてセザールを愛せないとしても、仕方がないと思う。恋愛は理屈ではなく、正しいも間違いもないのだから」

「……」

「儂はイウリに、セザールを説得してやると言った。決して話のわからぬ男ではないから、結婚も無理強いはしないはずだとね。会議は長くかかるし、おそらく『二の島』の森で書物を探しにいくから、セザールが帰るまでには数か月ある。そのあいだはゆっくり身体を休めなさいと言ったら、初めてほっとしたように笑って礼を言ってくれた。それから毎日、執務のあいまに会ううちに、どんどん笑顔を見せてくれるようになって、子供たちも可愛がってくれて——惚れてはいけないとわかってはいたが、セザールから手紙が届いたら、我慢ができなくなった。彼は手紙で、イウリの様子を尋ねながら、うさぎと結婚した読書士と話したと書いてよこしたんだ。結婚してしまえば、一生うさぎを独占できる。子供もうさぎならさらにいい。うさぎが減った今、イウリには五人はうさぎの子を産ませるべきだから、早く結婚したいと書いてあって、初めてセザールにがっかりした。イウリが道具にすぎないような書きぶりだったから」

　話の続きを聞きたくなかった。まるでセザールが悪者だ。だが、フレデリコが正しいとも思えなくて、チカは精いっぱい強くフレデリコを睨んだ。

「だから、あなたはイウリと結ばれたとでも言うんですか？」

「イウリが可哀想だと思ったのだ。セザールには思いとどまらせようと決心して——彼のものにならないなら、慈しみたいと思った。ほかの誰かに渡すのではなく、儂のそばにいてほしかった。セザールへの返事には、彼女はなにも変わりなく過ごしているとだけ書いた。儂が彼に対してついた、唯一の嘘だ。儂の想いや、イウリも私を慕ってくれたことを、彼に伝えなかったのだ。……そして、セザールが帰国を延ばしたあいだに、イウリはチカを身籠った」

ぶるっと身体に震えが走った。ひどく悲しい気がする。生まれて初めて腹が立って、いらいらした。胸の中がどんどん黒く濁っていく。

こんな経緯で自分が生まれただなんて——知りたくなかった。

「戻ってきたセザールがどれほど激怒したか、説明するまでもないだろう。儂はイウリのことは責めないでくれと頼んだ。許してもらえるならばどんな条件も飲むと言ったが、セザールはただ怒るだけだった。私と結婚するよりも贅沢《ぜいたく》ができるから王を選んだのだろうとイウリを罵って、王宮を出ていって——そのまま、行方が知れなくなった」

フレデリコの声は淡々としたものになっていた。

「チカが生まれて三か月ほど経った頃に、イウリは床にふせったまま亡くなった。最後まで、セザールと儂の関係が壊れたことを悔やんでいた。何度も謝って、自分のせいだと言って——お互いに許しあってほしいと頼まれた」

チカは黙って唇を噛んだ。胸の中で嵐みたいに怒りが吹き荒れている。苦しい。みんな勝手だ。フレデリコも、イウリも。

「イウリがそれだけはできないと拒んだから、儂と彼女は正式には結婚しておらず、ほとんどの臣下が関係すら知らない状態だった。亡くなったことは公表もできなかったが、おそらくはオラーヴォ先生が報せてくれたのだろう、行方をくらませていたセザールがやってきて、チカはもらっていくと言ったんだ。許してもらえるならどんなことでもすると言うなら、チカと図書塔をよこせとね。彼との仲を修復したかった儂は、要求を受け入れた」

「――」

「正しくないことばかりしていると、己が一番よくわかっているよ。彼にチカを渡すべきではなかったかもしれない。セザールへの償いは、べつの方法にすべきだったかもしれない。だが、何度思い返しても、あんな顔をしていたイウリを助けないという選択は、できなかったと思うのだ。それだけは後悔していないが……」

　フレデリコの手がうなじに触れてきて、チカは咄嗟に振り払った。咎めるように見上げると、フレデリコは悲しげに眉根を寄せながらも微笑む。

「この空色の首飾りは、セザールがくれたものだろう？」

　チカは服の上から、真ん中の石を握りしめた。長めの首飾りは服の中に垂らしてあるから見えないはずだが、留め金のあたりが襟元から覗いていたのだろう。

「……だったら、なんだって言うんですか？」

「手紙ではああ言ったセザールも、本音ではイウリを愛していたのではないかと思うことはあった。そうでなければチカを育てる理由がない。だとすれば、もっときちんと話すべきだったのだろう。この首飾りを見て確信したよ。セザールなりにイウリを愛していたのは間違いがない」

「首飾りで、どうして？」

硬い宝石が、服越しに手のひらに食い込む。喉ははりついたようで、声が掠れていた。

「それはイウリが、『二の島』に旅立つセザールに贈ったものなのだ。首飾りを贈ると決めたのはイウリだが、なにか贈り物をしたほうがいいと助言したのも、首飾りを用意したのも儂だ。だが、そのことをセザールは知らないはずだ。純粋にイウリからの贈り物だと思って大切にしていて、チカに渡したのだと思う」

「……ただ似ているだけで、べつのものかもしれません」

「森の奥深くへ発掘に行く読書士は、獣に襲われたり瓦礫に埋まったりしないよう、お守りとして青い石を使った装飾具を身につけるが、チカがしているような空色のものは珍しい。めったにあるものではないから、イウリが渡したものと同じだろう。――セザールはチカに、イウリを重ねて見ているのかもしれないな」

（――僕に、イウリを？）

自分の顔が強張るのを、チカは感じた。目眩がして、目を開けているはずなのに視界が暗くなっていく。

「初めて会った頃のイウリは、ちょうど今のチカぐらいの歳だ。そのせいもあるだろうが、きみは本当にイウリに似ていて、一瞬彼女が帰ってきたのかと思ったよ。セザールがきみを愛するのも、これほど似ていれば致し方あるまい」

そんなはずない。

ありえない。セザールが愛していると言ったのはチカだ。もういないイウリを重ねて見ているなんて、そんなはずがない。

（だって、セザール様はイウリのことは教えてくれたけど、彼女を愛していたなんて、一言も言ってない）

そう思うのに、どうしてだろう。暗雲に覆われたように、世界が真っ暗に見える。

フレデリコは与えた衝撃に気づかない様子で、晴れた空を見上げて呟いた。

「もちろん、きみと彼女では雰囲気は違う。イウリは儚げだったが、チカは健康そうで明るい。だが顔は瓜《うり》二つだ。――儂が思うよりもずっと強く、彼はイウリを好きで、だが不器用だったのだろうな」

そんなはずない、と声が出そうになって、チカは口を押さえた。真っ黒なものが胸から溢れてきそうだ。怒り。苛立ち。不安。恐れ。疑い。

さっきからずっと胸の中が荒れ狂っていた原因はこれだったのだ、とようやく気づいた。

落ち着かなくて不安なのは、疑いたくないのに考えてしまうからだ。

（僕は、イウリにそっくりなんだ。セザール様が愛していた、僕の母親に）

だったら、あの慈愛に溢れた眼差しが見ていたのは誰だったのだろう。愛していると抱きしめ、私を愛してほしいと懇願したのは、チカにではなく――イウリに対してだったのではないか。

彼が今でも想っているのがイウリだとしたら。

チカは、ただの身代わりだ。

暗鬱とした気分のまま、歓迎の夕食会を終えたチカは、豪奢な浴室へと案内された。広々としていて、丹念に磨いた石の浴槽には花びらが浮かべられ、湯気までが甘い香りだった。入浴後に使う水気を拭う布はふっくらとやわらかく、寝巻の肌触りはなめらかだ。浴室から寝室まで案内されるあいだ、廊下に灯《とも》されたろうそくも、高貴な匂いを放っていた。

図書塔での生活も恵まれたものだったのに、王宮ではそれ以上に贅が尽くされている。建物自体、図書塔とは違って装飾が多く、黴くさい土の匂いも森のざわめきもなく、ただ静かで綺麗だった。快適で美しい、夢のような場所。でも、書物はべつの建物にまとめられているようで、気配はほとんどしないのが、チカには落ち着かない。

恭しく開けられた扉から与えられた部屋へ入ると、窓際の椅子からセザールが立ち上がった。いるとは思っていなかったチカは、一瞬立ちどまってしまってから駆け寄った。

「セザール様！　お部屋はべつなんだと思ってました」

「私にも部屋はあてがわれたよ。だが、言われたとおりにする必要もない」

両手を広げて抱きとめたセザールは、チカの耳を丁寧に撫でつけた。

「食事のあいだもずっと元気がなかっただろう。初めての長旅で慣れないことばかりだったのだから、疲れが出るのも当たり前だが……お風呂で少しは楽になった？」

「——はい。すごく広くて、気持ちよかったです」

心が晴れないのは疲れのせいではないと、セザールには言えなかった。努力して笑みを浮かべると、セザールは持ち上げた耳の先に口づけた。

「まだつらそうな顔だ。寝台まで連れていってあげよう」

言うなり肩に抱き上げられて、チカはきゅっと摑まった。普段どおりに優しくしてくれるセザールの態度が、かえって苦しい。世話を焼いてくれるのも、チカがイウリの子供だからだとしたら……と考えてしまう。

壊れ物のように大切に寝台に下ろされ、髪に指を通される。静かに仰向けに導かれ、チカの頭を枕につけると、セザールはじっと見下ろした。熱のこもった眼差しにきりきりと胃が痛くなるのと同時、彼の唇が近づいてきて、チカは咄嗟に身をよじった。

「っ、セザール様」

唇は重ならず、口の端にぶつかる。生ぬるい温度と湿り気に鳥肌が立ったが、セザールはかまわずに寝巻の中に手を入れてきて、忙しない動きにぞくりと悪寒が走った。今日は抱かれたくない。とろけるほど気持ちいいはずのセザールの手なのに、胸に向けて這い上がる指が恐ろしく、夢中で彼を押し返す。

「いやっ……セザール様、やめてください」

「いや？」

心臓の上に手をあてがい、セザールは動きをとめた。口づけようとしていた唇が斜めに歪む。

「私にはわかっているんだよチカ。しおれた顔をしているのは旅の疲れのせいじゃない、フレデリコと二人で話したあとからだ。彼の言う『真実』を知って、私を嫌いになった？」

「――違うんです」

揺れる油ランプの光を受けたセザールの表情は、半分が影になっていて、笑っているのに恐ろしく見えた。ぞっとしてしまいながら、チカは身体の力を抜こうと努力し、首を横に振った。

「セザール様を嫌いになったりなんかしません。でも……」

「でも、もう好きじゃない？　怯えた顔をして、私が怖いか」

「……いいえ。ただ、不安で、寂しかったんです。イウリと国王のことを聞いて……セザール様が愛しているのはイウリで、僕は彼女の子供で、似ているから――僕を好きだって言ってくれるのは、ただの身代わりじゃないかと思って」

セザールを怒らせたくなくて必死にそう言うと、彼は優しくチカの頬を包んだ。指先は氷のように冷たい。

「身代わりなものか。もし身代わりなら、私はおまえを憎まなくてはならないよ」

「でも――イウリを、好きだったんでしょう？」

「フレデリコがそう言ったのか？　……そうだな、ほんのいっときは、愛したこともあったかもしれない。今となってはもう、自分でもよくわからないよ」

目の奥に一瞬傷ついたような色が見えた気がしたが、顔を寄せて覗き込まれると、セザールの薄い青の瞳は燃え立つように熱っぽかった。

「だが、残っているのは憎しみだけだ。彼女のことも、フレデリコも憎い。私が愛しているのはチカ、おまえだけだよ」

乾いて、普段よりも熱い唇が目尻に押しつけられた。続けてまぶたに、額に、鼻先にキスして、セザールは「チカだけだ」と繰り返す。

「可愛いと思うのも、愛おしくて仕方がないのも、大切だと思うのもチカだけなんだ。……信じてくれるか？」

問いかける表情は鬼気迫るものがあって、チカは胸を痛めた。

セザールと仲が悪いなら自分も戦おうと決めていたフレデリコのことさえ、チカは嫌いだとは思えない。悪意は他人を傷つけるために書かれた書物みたいで苦手なのに——それがセザールの中で膨れ上がっているのが感じ取れて悲しい。

憎い、と言うセザールは、あまりにも孤独に見えた。

チカはぎこちなく、自分から唇を重ねた。

「——僕が愛しているのも、セザール様だけです」

忘れてしまおう、と内心で言い聞かせる。イウリなんて、いなかったことにしてしまおう。オラーヴォ先生も言っていた。自分の目で見たもの、感じたことを信じろと。チカが一番信じているのはセザールだ。彼がチカを愛していると言ってくれるなら、それだけを信じる。

「大好きです、セザール様」

もう一度、重ねるだけの口づけを贈ると、セザールはチカの唇を撫でた。

「では、服を脱いで、愛する者への奉仕をしてくれるね。この前私がしたように、チカが口で、私のものをしゃぶるんだ」

「しゃ……」

下品な言葉遣いに思わず顔が赤らむ。

「できない？　私は何度だってチカに奉仕できるのに、チカは私を愛していないのか？」

「で……できます。僕も、セザール様に奉仕、します」

拒むわけにはいかなかった。

セザールに見守られながら寝巻を脱ぎ、宝石だけ身につけた格好で、寝台の上に座ったセザールの前でよつん這いになる。

「寝巻の裾を上げて、下着をずらして。私のものに手を添えて、口に迎え入れるんだ」

頭上からセザールの声が降ってくる。言われたとおりにすると、ぽろりとこぼれ出た彼の分身は、平静な状態にもかかわらず大きかった。長さも太さもチカの性器とは比べものにならず、ごくんと喉が鳴る。

　こんなものがお尻に入ったなんて信じられない。口にだって、とても含めない気がする。

　それでも、愛していないと思われたくなくて、チカはいっぱいに口を開けた。

「む……っぅ、……っ」

　まだやわらかい肉の塊が、唇の内側と舌を刺激する。顎が外れそうな痛みとうすしょっぱい味、異物に犯される苦しさで、たちまち目の底が熱くなった。

「んーっ、……ぅ、……ん、く……っ」

「無理に全部含もうとしなくていい。唇を窄めて先端をしっかり舐めて、幹の部分は手で支えながら横から咥えてごらん。舌は裏側の筋に当てるんだ」

　セザールはチカの頭に手を乗せ、ゆっくりと撫でた。

「私を愛する気持ちを込めて、たっぷりよだれを出すんだよ」

「ん、……はい」

　いったん口を外し、言われたとおり、まずは先端を含んだ。唇を突き出すようにして吸いつき、唾液を舌で塗り込める。糸を引きながら口を外し、支えた性器を笛のように横から咥えた。懸命に舌を伸ばして裏筋にあてがい、根元からくびれまで幾度も往復させているうちに、セザールの雄肉はぐぐっと張りつめていく。硬くなった感触に、チカはほっとした。

「上手だよ。初めてなのに、チカには奉仕の才能があるね」

セザールはチカの耳をゆるく摑み、しごくように動かした。敏感な耳を刺激され、ひくんと背がうねる。チカは横からしゃぶりついたまま、腹の中がじんわりと熱くなってくるのを感じた。セザールの指は、耳の内側のやわらかいところを巧みに愛撫してくる。その動きも快感を呼び起こすが、落ち着かない気持ちになるのは、口で味わうセザールの性器のせいだ。

雄の象徴はなめらかで舌触りがいい。大きすぎるものを唇で挟む感触は、キスのときに舌でかき回されるのに似ていて、身体の芯がうずうずした。口の中というのは接触で快感を覚えるようにできているようだ。もう一度先端を含み込み、思いきって喉のほうまで入れれば、上顎がこすれて頭がぼうっとした。

「ん……っ、ぅ……っ」

「尻尾が動いているよ。見えないが、もう勃起しているだろう?」

両手を使って耳をしごきたて、セザールは優しい声を出した。

「私のものをしっかりしゃぶったまま、手を放しなさい。自分のものを握って、音をたててこするんだ。どうせいやらしい我慢汁ももう出ているだろうからね」

甘やかな声音だが、言葉はまるで辱めるかのようだ。チカは羞恥に震えながら、それでも言われたとおり、自分の性器に手を添えた。カエルみたいに這い、セザールの性器を舐めながら、己を慰める姿を想像するとたまらなく恥ずかしい。だが、身体は逆に燃え立つようだった。

「ふ、……ん、ぐ、……っぅ、ん、ん……っ」

「教えなくても頭を上下に振れて偉いね。チカのよだれが私の幹を伝って、陰毛までべとべとだよ」

「ん……っ、ふ、う、……んッ」

「手もとめてはいけないよ。もっとぐしゅぐしゅと、先っぽのところをこすって」

いつのまにか閉じた目の奥が明滅した。鼻からふーふーと息が漏れて、その音も恥ずかしい。べっとり濡れた自分の花芯の先は、こすると本当にぐしゅぐしゅ鳴った。じりじり炙《あぶ》られるような、お漏らしの感覚が込み上げてくる。かくかくと尻を上下させてしまいながら、チカは涙で濡れた睫毛《まつげ》を上げた。

「っも、……え、まふ……っ」

しゃぶったまま視線だけでセザールを見上げ、出ます、と訴える。セザールは穏やかに微笑んだ。

「出してもかまわないよ。私が達するまで奉仕してもらうが、そのあいだ、チカは何度達ってもいい。――おしゃぶりで達ってしまうなんて、助平《すけべえ》だね？」

ぎゅっと耳を握られて、痛いと思った瞬間、チカは弾けていた。口にセザールのものをおさめたま、びく、びく、と腰を振る。視界はすうっと暗くなり、目眩がした。

「出しても手はとめずに動かしなさい。強くこすって、口もお留守にならないように、舌を動かして」

痙攣しているチカに向かって、セザールはなおも指示を出してくる。チカは半ばぼんやりしたまま舌を動かした。唾液がだらだらと口の端からこぼれていく。力の入らない手で己の分身をこすると、芯が痺れたように痛んだ。下腹が重い。忙しなく尻尾が動いて、孔が窄まったりひらいたりしている。

「私のものはおいしい？　チカ」

　耳の付け根を揉むようにして、セザールが聞いてくる。舐め回しながら頷けば、いい子だね、と優しく囁かれた。

「遠慮しないで、じゅうじゅう吸っていいんだよ。チカが助平になってしまうのは、私を愛しているなによりの証拠だ。性器がまた勃起してきたら、お尻の孔に指を入れなさい。気持ちいいところを自分でかき回して」

「んぶ……っ、ぅ……っ」

　ぐっと頭を押さえつけられ、喉を鳴らしてえずく。小刻みに肩が震えたが、苦しいのに、握った分身はたちまち昂っていく。

「ほら、吸って。みっともないくらい唇を突き出して、啜り上げてみなさい」

　セザールは切っ先が喉奥にはまるように、チカの頭を上下させた。息苦しさで生理的な涙を伝わせながら、チカは唇と舌に力を入れた。吸う。漏らした自分の息が熱い。むっとするような男性の匂いが、鼻の奥から腹まで満たしていくようだ。

　じゅぶるる、と音をさせると、セザールが満足げなため息をついた。

「とてもいいよ。チカが私に奉仕してくれて幸せだ」

　吐息混じりの彼の声は色っぽく、チカもうっとりした。大きく開けたままの顎は痛いし、吐き気は断続的に込み上げてくるけれど、セザールが満足してくれるなら苦痛でも嬉しい。もぞもぞと手を移動させ、太腿の内側から尻の孔に指を入れると、んん、と甘えるような声が出た。

濡れてやわらかい粘膜はあたたかく、いけないものに触れている感じがする。けれど孔のほうは、自分の指でも快楽を感じ取り、絡みつくように吸いついた。

そこを、セザールにされたみたいにかき回す。

「ん……っ、ぐ、……んぅっ……、ふ、……くぅっ」

(だめ……っこれ、またすぐ、射精しちゃ、う……)

震えが走るほど快感が強くて、力が抜けそうになる。よだれを垂らしながら、チカはくちゅくちゅと尻孔をいじった。

「お尻で自慰をするのが気持ちいいみたいだね。口がとまっているけれど、許してあげよう。私がチカの頭を動かすよ」

セザールの手が髪をかき回し、耳を固定するように挟んで摑む。喉奥まで亀頭が突っ込まれ、チカは低く呻いた。

「ん——ッ、ん、ん、ん……ッ！」

苦しいのに、気持ちよくて気が遠くなる。いったんふうっと遠のいた意識が戻ってくると、もうなにも考えられず、ただ機械的に手が動いた。

夢中でセザールの雄竿《ざお》を啜りながら、尻に突っ込んだ指をずぽずぽ出し入れし、あわせて腰を前後させる。意思でそうしているというより、勝手に動いてしまうのに近かった。むずつく尻のもどかしさも、セザールの性器に占領された口の中の刺激も、たまらない快感だった。息もままならない苦痛が、飛んでしまいそうな酩酊《めいてい》をもたらして、全身がふわふわする。

「チカの喉は狭くてとても気持ちいい。そろそろ出すから、しっかり飲むんだ」

　セザールの声も掠れていて、頭を動かされる速度が上がる。喉にはめられるのにあわせて身体が揺れ、チカはびくびくと孔を締めた。頭の真ん中が痺れる。達く。

「ンッ、ん、ん〜っ、――――ッ！」

　腹と背を波打たせて極めるのと同時、口の中で雄がどくんと跳ねた。勢いよく精液が上顎に当たり、口いっぱいにどろりとしたものが放出されていく。チカの口を満たしてもセザールの精液はとまらず、ぼたぼたと両脇から垂れて、チカは押し込まれたまま咳《せ》き込んだ。

　ずるりと引き抜かれれば白濁が糸を引く。ごぼりとむせ返してしまった精液をどうにか口の中にとどめ、チカは努力してそれを飲み込んだ。苦い草を塩っぽくしたような味はくらくらするが、絡まるのを無理に飲み込めば、ほんのり甘いようにも感じる。

　チカはのろのろと上体を起こし、顎を汚した残滓《ざんし》を拭った。その指も、丁寧に舐めしゃぶる。

「命令しなくてもこぼした分を舐めとるなんて、チカはお利口だね」

「……セザール、さまの、だから」

　舌を伸ばして指の又も舐め、自分を見つめているセザールを見返す。潤んだ瞳は腫れて感じられ、きっととろんと垂れてみっともないだろう。それでも、精いっぱい微笑んだ。

「セザール様。愛してます」

「――私もだよ、チカ」

わずかに微笑んで、セザールは目を伏せた。綺麗にしよう、と優しく言い、チカの股間を拭き取ってくれる。下着をつけさせ、寝巻も着せて、最後に彼は首飾りの真ん中、青緑色の石を持ち上げた。

「きみはとても美しい。――愛している」

口づける仕草は敬虔《けいけん》で、チカは心臓が痛むのを無視した。大丈夫。あの色はイウリの瞳の色じゃない。僕の目の色だから、セザール様は美しいと、愛していると言うのだ。

彼は僕を、愛してるんだ。

◆ ◆ ◆

チカは眠っている。

起きているときは話し方や仕草で彼にしか見えないが、こうして眠っていると、顔立ちはイウリによく似ている。十五歳になって大人びてきた分、彼女ではないと理解していてなお、イウリと呼びそうになるほどだ。

イウリ。おまえは今も私を恨んでいるだろうか。『二の島』から戻った私に、うさぎとして読書士と契約するのはかまわないが、結婚はいやだと言ったイウリ。王と結婚したほうが贅沢ができるからかと蔑めば、「愛しているからです」と言い返したイウリ。おろおろしたフレデリコを従えて、青ざめた顔をして、「婚約だなんて勝手に決めて、一度でも私の気持ちを尋ねてくれたことがありましたか？」となじった震える声は、今も私の耳から消えない。爛々《らんらん》と燃えるようだった青緑色の瞳が、焼きついて離れない。

言えばよかっただろう、と返せば、聞く気なんてないくせにと睨まれて、なんて勝手な女だと呆《あき》れたが、彼女の言うことは間違いではなかった。私は人の意見など気にしたことはなかった。幼い頃から「よその子とは違う」と大切にされ、望んで手に入らないものはなかった。決めたことに反対する人間もなく、自分が考えたとおり、思うがままに振る舞えば賞賛された。イウリに結婚はできないと言われても、私は聞かなかっただろう。結ばれる利点を述べ、おまえも幸福になれると諭して、結局は結婚したはずだ。

フレデリコさえいなければ。

フレデリコに会わせようなどと、考えなければ。

人生で唯一のあの過ちがなければ、どんなに心は平穏だったろう。

◆　◆　◆

翌日目覚めると、セザールの姿はなかった。すでに食事をすませ、王宮の中にある図書館に行ったという。図書館ならば、彼は一日そこにいるつもりだろう。チカはほっとして朝食を食べ、デオダートに付き添われて部屋を出た。

　巨大な王宮が一望できる前庭へと出たデオダートは、Eのかたちをした建物を指さして説明してくれた。

「王宮の中央部分は、宴《うたげ》や謁見など、公的な催しを行う場所です。正門から向かって左側は王族の居室がある部分で、左端の塔は後宮です。王妃や王子の奥様方、あるいは王女など、女性が自由に使われる場所になります。右側は客間や王族の私物を保管する部屋があって、一番右端の塔が図書館です」

　デオダートはいったん王宮の裏手へと回る。華やかで整然とした表庭とは違い、なにもない広い場所や畑があって、図書塔の敷地のような雰囲気だった。素朴な建物と低い城壁の向こうには、すぐそばまで森が迫っている。風はかすかに潮の匂いがした。

「海は、王宮からも近いの？」

「ええ。あの森の向こうが崖で、その下が海です。裏のこの建物は使用人のためのものです。庭師や料理人、侍従や侍女、さらに彼らを手伝う下働きの者たち、我々守護士が交代で寝泊まりします。厩《うまや》もありますよ。使用人棟と王宮のあいだは、守護士や王族の方が鍛錬を行う広場になっています」

　説明しながら裏庭を通り抜け、再び前庭へ出ると、デオダートは図書館の入り口へと向かった。

　中の造りは図書塔に似ている。入ると大きな空間があり、三階分ほど吹き抜けになった周囲を、書棚が埋め尽くしていた。中央には覆いをかぶせた机があり、見張りらしき女性の読書士が座っている。

「セザール様はどちらに？」

チカのかわりにデオダートが聞いてくれたが、彼女はチカを一瞥し、首を横に振った。

「少し前に出ていかれました。街にお出かけとのことで、その……そちらのうさぎ様には、王宮でおとなしくしているようにと、ご伝言です」

「……だそうですが、どうしますか？」

デオダートが振り返り、チカはがっかりして耳を下げた。普段ならセザールは朝が弱いのに、早くに寝台を抜け出しただけでなく、大好きな書物のある図書館からもすぐに出ていってしまっただなんて、珍しい。よほど大事な用でもあるのだろうか。追いかけていきたいが、でも、言いつけには背きたくなかった。

「図書館の中を見てみてもいいですか？」

見上げると、デオダートは頷いた。

「かまいません。陛下からは、できるだけチカ様の望むとおりにするようにと言われています」

「――じゃあ、街に出してって言ったら？」

「それもいいそうです。王都は国中から観光客も来るところですから、楽しめるだろうと。港町までも歩けますから、海や船もチカ様が見たければお連れするようにと仰せでした」

興味はある。昨日通った場所だけでもすごい街だったから、いろんなところを歩いて、街の人とも話したい。間近で海を見るのはきっと壮観だし、途中の街のように、変わった食べ物だってあるかもしれない。

（でも、今度セザール様に連れていってもらおう）

ちょっぴり揺れた心をそう思うことで宥めて、奥を指さす。

「あっちが見たいです。地下がありますよね？　それと、上の階も。自由に見てもいいですか？」

「どうぞ。ただ、俺は付き添わせていただきます」

見張られていては自由な気がしなかったが、仕方ない。チカは鼻をひくつかせてかるく目を閉じた。書物の乾いた匂いが心地よい。セザールが好きそうな書物の匂いは、上からも下からもする。感覚を広げるとじっと眠った書物たちがかすかにさわめく気配がして、気分が落ち着いた。

まずは下の階から見ることにして、女性読書士のいる机の後ろの階段を下りていく。日差しは上のほうの小さな通気窓からだけで、灯された光は最小限だ。階下に着いてしまえば、ところどころに掲げられた油ランプの光が届かない隅のほうから闇が迫ってくるが、その暗さもチカにとっては馴染み深く、安心するものだった。

地下は壁面だけでなく、空間いっぱいにいくつも書棚が並んでいた。チカは耳を持ち上げて首をかたむけ、音とも気配ともつかない書物の声を聞く。鼻をひくつかせて匂いも確かめ、まっすぐに階段から離れた棚に向かった。立てかけられたはしごを動かし、上から二段目の棚から一冊引き抜く。抱えてはしごを下りると、デオダートが手を差し出した。

「ほかの書物も見るなら、俺が持っていますよ」

「……ありがとうございます」

無愛想だが、慣れてしまったせいか、はじめの頃ほどデオダートが怖くない。重たい書物を預け、チカは次の書物に向かった。ぱたぱたと早足でべつの棚へ移動すると、追いかけてきたデオダートが預けた書物を見ながら聞いた。

「これはなんの書物です？」

「それは美術です。絵画とか、彫刻とか。文字はまだ解明されていないものですけど、図版が多いから見るだけでも面白いですよ」

「………本当だ」

ページをめくったデオダートが唸《うな》る。チカはかがんで一番下の棚から書物を抜いた。これはあちこちが欠けてしまっている。傷めないようにそっとデオダートに渡す。

「文章ばかりだけれど、これも美術の書物です。頁がだいぶ風化していますから、ひらかないでくださいね。一冊目と同じ文字で書かれています。それと――」

棚を二つほど移動して、もう一冊取る。

「これは手紙を集めたもの。紙の感じからして、少し時代が違うけど、言語は同じです。……ここは、あまり書物を分類してないんですね」

「待て。同じ言語？　どう見ても違う字だろう」

驚きのせいか、デオダートの口調が崩れている。目を丸くした顔はなんだか親しみやすく、チカはふふっと笑った。

「同じですよ。書体が違うのと、時代で変化するので難しいんだそうです。僕も読めないけど、セザール様がずっと研究されている言語です」

「――驚いたな」

ぽかんとした表情でチカを見下ろし、それからデオダートははっとして咳《せき》払いした。

「いや、失礼いたしました。でもまさか、うさぎがここまで書物を判別できるとは思わなくて」

「エンリケ王子も読書士だったんですよね？　書物を探しにいくとき、うさぎは連れていかなかったんですか？」

チカは背伸びして次の本を探した。同じ言語のものはもうこの階にはなさそうだ。細かなかけらになってしまった書物の気配が、上の階から漂ってくる。階段を上るチカの後ろで、デオダートは懐かしそうに言った。

「王子が森に入ったのは二度だけでした。もちろんうさぎも一緒でしたが、ここまで優秀ではなかったな。どこに書物が眠っているかは言い当ててくれましたけれど、掘り出すまではどんなものかわからなかった」

「僕はセザール様にいろんなことを教わっているので、そのせいかもしれません」

もうぼんやりとしか覚えていないが、チカも子供の頃は、書物の内容を特定するのは難しかった。

気配やなんとなく感じる色のようなものが違うのはわかるのだが、それがなにを意味するのかは、経験を重ねていかないと理解できない。書物のありかだって、何度も練習してようやく、正確に嗅ぎ取れるようになったのだ。

「生まれつきできることって、そう多くはないんだと思います」

「人間からすれば、それでもうさぎの能力は神秘的です。……この階にもあるんですか？」

「はい。だいぶ壊れてるけど、たぶん科学の書物です。時代が全然違いますね。内容は『失われた資源』みたい」

　今の世界では手に入れることができない材料について書かれた書物だ。しかも散逸した一部だから、あまり価値はない。それでも棚から箱を取り出し、チカはじっと見つめた。

「王宮はすごいですね。この言語の本は、図書塔でもとても少ないんです。崩れたり腐ったりしていることも多くて、完全な状態の書物は、以前に掘り出された数冊しかありません」

「図書塔はポルトカレでもっとも大切な遺跡ですが、王宮は国の中心ですからね。優秀な読書士を雇えるし、国の内外から、書物を集めることができます」

「国外の書物は高いんでしょう？」

「高いですよ。でも、そのために税を集めていますから、国庫には金が十分にあります」

「じゃあ、もし十三冊目の『礎の書』が他の島から出てきたら、その写しも買えるの？」

「それはどの国で出たかにもよりますね。『礎の書』に書かれた決まりでは独占してはならないことになっていますが、今でもそれを守る国もあるだろうし、守らない国もあるでしょう」

「どうして？　だって、『二の島』のビサンシアは決まりを破ったから、天罰を受けて一度水没したんでしょう？　前例があるのに、愚かな真似はしないんじゃないですか？」

　いつもの癖で矢継ぎ早に質問してしまうと、デオダートはしみじみとチカの全身を眺めた。

「人間ってのは、うっかり愚かな真似もしてしまうもんだと俺は思いますけどね。――うさぎは、チカ様みたいな性格が多いんですか？　俺はてっきり、みんなおとなしくて口数が少ないんだと思っていました」

　といっても二人しか知りませんが、とデオダートは言う。

「エンリケ王子と契約していたうさぎも、イウリ様も、チカ様みたいにはしゃべりませんでしたよ」

「……ごめんなさい。僕、うるさかったですか？　わからないことがあると、つい聞きたくなってしまうんです」

　子供の頃は読書士の仕事を邪魔してしまい、あっちに行ってなさい、と怒られたものだ。謝ると、デオダートは初めて、気が抜けたように微笑した。

「いえ。俺も元来はおしゃべりなので、チカ様のような方のほうが好感が持てます。話してくれないとなにを考えているかもわからなくて、気が抜けないでしょう。しおらしく見えても、内心がそうとは限らない」

　きっとイウリのことだ、と思って、チカは箱を抱えたまま、横の棚の書物を撫でた。社会のしくみの本だ。隣は人々の仕事について。

イウリのことは書物に書いてあるわけではないから、読んで知ることはできない。セザールのことだ。

「……デオダートも、イウリのことは嫌いですか？」

彼がイウリを嫌いなら、デオダートの気持ちをよく知れば、セザールのこともわかるかもしれない、とチカは思う。横目で窺うと、デオダートは本を抱え直した。

「嫌いというほど近しい間柄ではありませんでしたが、好きだと思ったことはないですね。――チカ様はどうなんです？」

「――僕は、わかりません。母親でも、覚えてない人ですから」

チカは少し迷って、視線をさまよわせた。

「昨日、フレデリコ様に、昔なにがあったのか教えてもらったんです。それが本当かどうか、僕にはわからないけど……陛下は、セザール様はイウリを今も愛しているのだろうって言いました。でもセザール様は、残っているのは憎しみだけだって」

「それは当然、そうなんじゃないですか」

デオダートはかるく肩を竦めた。

「セザール様の気持ちはわからなくもありません。俺が同じ立場だったら、やはり憎むと思います。それに、セザール様は俺よりもずっと執念深い方のようです。イウリ様のことも国王のことも憎んでいるからこそ、チカ様をさらって図書塔に閉じこもったのだろうし、彼の中の憎しみの炎は今も消えていないのだと感じます」

やはり、ほかの人の目から見ても、セザールの憎しみ——怒りはわかるものなのだ。チカはぎゅっと箱を抱きしめた。

「憎むだなんて、怖くはありませんか？　憎しみって、怒ったり絶望したりした先に、相手を嫌いになって、嫌いでは足りなくて抱く感情ですよね。……僕はいらいらするだけでも、自分の心が真っ黒になって、悪いものに染まっていくみたいな気がして、怖いです」

こんな考え方は子供っぽいだろうか。

「できれば——セザール様には、誰のことも憎んだりしてほしくないんですけど」

だが一方で、「イウリを愛してはいない」と言われれば安堵《あんど》するのだ。憎悪は醜い感情だと思うのに、自分の心だって十分に醜いじゃないかと呆れてしまう。そうして、心の奥底では——セザールが嘘をついていて、いまだイウリを愛しているのではないか、とも疑っているのだ。

身代わりでしかない、と思うと怖い。信じようと昨晩決めたばかりなのに。

（セザール様が嘘をついたことなんか一回もないのに、疑うなんて僕は浅ましい）

「……同じだ」

信じなきゃ、と思いながら俯くと、独り言のようにデオダートが呟いて、チカは上目遣いに彼を窺った。デオダートはさっきよりも呆気《あっけ》に取られた表情だった。

「チカ様は、エンリケ王子と同じことを言うんですね」

「王子と？」

「殿下もよく言っておいででした。できれば怒ることはしたくない、人を憎むなんてもってのほかだと。もちろん、そういう感情は自分の中にもあるけれど、怒りは抱けば抱くほど強くなって、消し去ることができなくなる気がするから、怖いんだとおっしゃっていました」

「わかります。ずーっといやなことばかり考えてしまうでしょう」

　大きく頷いたチカに、デオダートはふっと頬をゆるめた。

「懐かしいです。俺は殿下とは乳兄弟で、幼い頃から一緒でした。だからイウリ様のことも知っていたのですが、俺は彼女が好きになれなかった。お妃様が亡くなったからって、あんなうさぎに入れ上げる国王も、汚らわしい気がしていました。エンリケ様と王女のエリー様が可哀想だと怒っていたら、殿下がたしなめたんです。誰も悪くないよ、と言って、一度も恨み言は口にされませんでした」

「優しい方だったんですね。……会ってみたかったな」

　きっと魅力的な人だったのだろう。フレデリコ国王だって、想像よりもずっといい人だった。

「エンリケ様も、生まれてすぐのチカ様しか知らないから早く再会したいと、楽しみにされていましたよ。チカ様ぐらい優秀なうさぎなら、殿下とパートナーになって、俺が守護士として同行して、未開の森まで書物を探しにいくこともできたでしょう」

「それ、すごく楽しそうですね！　僕、図書塔からは出たことがなくて。一度くらいは森に行ってみたいんです」

探検なら絶対セザールとがいいけれど、エンリケ王子とデオダートと行くのも悪くなさそうだ。想像すると自然と笑顔になって、見下ろすデオダートも穏やかに頷いた。

「きっと最高ですよ。――セザール様がチカ様をさらったりしなければ、実現したでしょうに」

言われたとたん、わくわくした気分がしゅんとしぼんで、チカは顔を曇らせた。

「……デオダート、セザール様の気持ちがわかるって言ったのに、責めるんですか？」

「許せないとも、何度も申し上げていますよ。――俺には、あの人のことがよくわからない」

見下ろしてくるデオダートの目は、憐《あわ》れむような色が浮かんでいた。

「憎いと思ってチカ様をさらうのは、間違った行為だとは思いますが心情は理解できます。ですが、なぜ育てたんでしょう？　ただ国王とイウリ様に復讐したいだけなら、殺してしまってもいいはずだ」

「セザール様は優しい方です。たとえ憎んでいても、殺すだなんてするわけないです」

「殺害するのを思いとどまれるなら、さらうのだって思いとどまれると思いますよ。でもセザール様はあなたを連れていった。憎しみのせいでなく、イウリ様を愛していたから、血を引くチカ様を自分のものにしようとした、ということかもしれません」

ずき、と胸の奥が痛んだ。脳裏に、昨晩のセザールの顔が浮かぶ。鬼気迫るように燃えていた瞳は、チカを心底愛しているから――のはずだ。

デオダートは思案げに顎に触れながら、言いづらそうにチカを横目で見た。

「あるいは、育てているうちに本気でチカ様を好きになったのかもしれません。でも、それもしっくりこないんです」

「……どうして？」

「俺が理解できないだけで、セザール様の愛情はそういうかたちなのかもしれませんけど――聞いてしまったんですよ」

「聞いた？」

「図書塔から王都への途中で、あの方はチカ様を抱いたでしょう。中間の街でのことです。チカ様の声と花の匂いが、扉の外で見張りについていた俺にも、はっきり届きました」

　チカはかあっと赤くなった。口で舐められたり、胸をさんざんいじられたりして抱かれ、たくさん声を聞かせてほしいと言われた夜だ。外まで響きそうだ、と自分でも思った――あの声を、デオダートに聞かれていたのだ。

「セザール様はずいぶんとチカ様を追い上げていたでしょう。俺が部屋の外にいると承知していて、あんなふうに喘がせるだなんて、俺からすれば愛しているというより、辱めているみたいに思えたんです。……すみません、お二人の仲を悪く言いたくはないんですが」

　チカの表情に、デオダートは気まずそうに謝り、咳払いするとチカの前で膝をついた。

「チカ様はエンリケ王子と血のつながったご兄弟です。彼と似ているところもありますし、こうしてお話ししていれば、優しく清廉な方なのだとわかります。はじめこそ、あなたの存在は受け入れがたい気がしていましたが――チカ様が悪いわけじゃない」

「……デオダート」

「これから先はエンリケ様の分も、チカ様をお守りしていきたいと思います。ですから、これは忠告としてお聞きください」

　デオダートの真剣な表情に圧《お》され、チカは黙って頷いた。

「セザール様がなにをお考えかは知る由もありませんが、たったひとつ間違いがないのは、フレデリコ王を相変わらず恨んでいるということです。昨日も陛下に、王宮図書館の書物もすべてよこせと、強欲なことを言ったとか」

「それは……でも、王様も、もちろんいいって……」

「陛下は過剰に引け目を感じておいでなのです。図書塔をセザール様に独占させることだって、快く思っていない貴族は多い。彼らはセザール様を黙認する陛下のことも、よく思っていません。反発があるのはフレデリコ様もご存じなのに、今回もまた、セザール様の言いなりになろうとしているでしょう。このままでは、セザール様が王位をよこせと言ったら譲ってしまいかねない」

「――セザール様はそんなことはしないと思います」

　首を横に振ったが、チカも自信はなかった。フレデリコに対しては、セザールは別人なのだ。

「一番ありそうなのは、チカ様と結婚すると言い出すことです。正統なお世継ぎの伴侶になって王になる。そうすればイウリ様を愛していた気持ちも報われて、王には復讐ができると考えているかもしれません。チカ様を生かして育ててきた理由も、結婚して王位を手に入れることが目的だと考えれば、筋は通ります」

「そんな、」

チカはもう一度、大きく首を振った。ざわざわと足元から、いやな感覚が這い上ってくる。そんなはずない。だが、勝手な憶測だとデオダートをなじりたくても、うまく言葉が出ない。チカは唇を噛んで、僕は、と呟いた。

「それでもいいです。王子様とか、王様とか、なりたいなんて思ったことないもの。デオダートに言われても実感なんかなくて、フレデリコ様に会ったら、僕は王子にはなれませんって言おうと思っていたくらいです」

「王子はなるとかならないとかではなく、王の子供のことですよ」

「わかってますけど、でも、王様にならセザール様のほうが向いています。僕よりずっと物知りで、立派な方だもの」

「ですが、セザール様には人望がないでしょう。私怨で長いこと図書塔に閉じこもっていた人間が王になるなんて、ほかの読書士長は面白くないはずです。だいたい、憎しみに駆られて悪事を働くような人間は、王には向いていません。チカ様のほうが、ずっと大勢に慕われて、支えてもらえます」

「人望なら、セザール様だってあります。ほかの島の読書士にも頼られてるんですよ」

チカはきゅっと足を踏ん張った。

「セザール様が僕と結婚して王になりたいって言ったら、僕は喜んで従います」

「――チカ様」

デオダートは困ったように眉をひそめる。

「それで本当によろしいんですか？　チカ様は道具として、セザール様に利用されることになりますよ」

「…………僕は道具じゃありません。ちゃんと、愛してもらってます。セザール様が好きなのは、イウリじゃなくて僕です」

声がひしゃげて、デオダートが痛ましそうに顔をしかめた。ずきずきと胸だけでなく腹のほうまで痛んで、チカは顔を背け、デオダートの横を通り抜けた。呼びとめたデオダートを振り返らないまま、部屋に戻ります、と告げる。

「見つけた書物、部屋で見てもかまいませんか？」

「……確認してみますが、チカ様ならたぶん大丈夫でしょう」

立ち上がったデオダートがため息をつくのが聞こえた。

「なにか俺にできることがあったら言ってください。不安や疑問があれば、ただ相談するのでもかまわない。俺が相手ではいやなら、フレデリコ様に言うのでもいいです。どうか、ひとりで抱え込むことだけはなさらないように」

「……ありがとうございます」

小さく礼を言い、階段を下りる。見張り台の読書士は、書物を持っていってかまわないと言ってくれ、デオダートが部屋まで抱えて送り届けてくれた。部屋に戻れば侍女たちがチカの好きなお茶とお菓子を用意してくれて、室内はあたたかくて居心地がいい。大きな窓から覗けば、明るく美しい庭が見え、贅沢な暮らしだ、と思う。

みんながチカを王子として大切にしてくれるし、図書館だって、時間をかけて見て回ればもっと面白いはずだ。街や港に連れていってもらえば楽しいに決まっている。

でも、セザールがいなければ、どんな贅沢も恵まれた環境も意味がない。チカはセザールさえいてくれれば、ずっと野宿でもかまわなかった。

彼に愛してもらえるなら、気が進まなくとも、王子や王になっていい。それでセザールが喜び、幸福だと思ってくれるなら。

(セザール様は、僕を愛してるって言ったもの)

チカも彼を愛しているから、結婚にはなんの問題もない。道具だとか復讐だとかはデオダートの思い込みだ。

大丈夫、と声に出して呟き、チカは書物をめくった。色褪《あ》せた絵を眺めながら、この絵が描かれた時代について思いを馳《は》せ、余計なことは考えまいと努める。

無意識に首飾りの石を握りしめていることに気づいたのは、扉の開く音が響いたときだった。はっとして振り返り、チカは強張った指をひらいて宝石を離し、入ってきたセザールに駆け寄った。

「お帰りなさい、セザール様！　街にお出かけだったんですよね？」

「どうせ王都まで来たのだから、ついでに用をすませようと思ってね。チカはいい子にしていた？」

セザールはチカを抱き寄せてくれる。彼の胸に頬をくっつけ、チカは頷いた。

「図書館に行きました。セザール様が研究してる言語の書物、いくつか見つけられたので借りてきたんです」

テーブルに置いた書物や紙の破片をおさめた箱を指さすと、セザールは歩み寄って手に取った。表紙や頁、破損して露出した部分を眺めて、チカの頭に手を乗せる。

「チカは素晴らしいうさぎだね。半日もかからず、これだけ書物を探し出してくれるなんて」

「難しくないですよ、だって埋まってるわけじゃなくて、全部書棚に入ってるんだもの。一時間もかかりませんでした」

「一時間もかからなくて、難しくないと言えることがすごいんだよ」

そう言って髪と耳を撫でてくれるセザールが、どうしてか寂しそうに見えて、チカは首をかしげた。

「セザール様、街でなにかありました？」

不安に揺れたチカの声に、セザールは安心させるように微笑んだ。

「なにもないよ。チカは本当に私のことが好きなのだと実感して、胸が苦しくなっただけだ」

「……嬉しいときも、胸って苦しくなりますよね」

「ああ、そのとおりだ。――チカも、私を好きだと思うと胸が痛む？」

「はい。きゅーって、なります」

チカはセザールの腰に手を回して抱きついた。

「おんなじですね、僕とセザール様。痛いのも、好きなのも、苦しいのも……一緒、ですよね」

そうだよ、と頷いて、いつものように言ってほしかった。

セザールがかけてくれるあの言葉はチカの宝物だ。「チカの痛みは私の痛みでもある。おまえの喜びが、私にとっても喜びになるように、チカが傷つけばつらいんだ」――初めて言われたのは、四つか五つか、うんと小さい頃だった。書棚から落ちたチカを抱きとめてそう言われたとき、どれほど嬉しく誇らしい気がしたか、言葉ではうまく言い表せないほどだ。

自分のすべてがセザールのものになったような、深い安堵感。許され、つながり包み込まれる、穏やかで甘い心地よさ。

願ったとおり、セザールはゆっくりチカを抱きしめた。

「そうだよ。チカの痛みは私の痛みで、おまえの喜びが、私にとっても喜びになる。チカが悲しんだり絶望したりすれば、まるで自分のことのように感じるだろう」

ぴったり密着した身体に、セザールの声が振動を帯びて伝わる。静かで優しい声。まだ寂しそうだ、と思うと胸が疼き、チカは言い重ねた。

「セザール様のこと、全部好きです。僕を大事に育ててくれたことも、研究熱心で読書士から尊敬されていることも、鳥や美術を愛していることも、実は朝が苦手なのも。僕を見ると、いっつもすごく優しく微笑んでくれるところも……大好き」

　そっと顔を上げ、誘うように唇をひらく。半ば睫毛を伏せて踵を上げると、セザールはぐっと目を閉じた。苦痛を耐えるような表情で、それでも唇を重ねようと顔が近づいてくる。

　だが、キスする寸前、扉を叩く音が響いた。

　はっとしてセザールが離れるのと同時に、侍従が入ってくる。

「チカ様。陛下が昼食をご一緒にと仰せでございます。どうぞお召し替えを」

「……僕」

　行きたくなかった。このままセザールに抱いてもらうほうがいい。行く必要はないと言ってもらえるのを期待してセザールを見上げたが、彼は微笑とともに頷いた。

「行っておいで。四日後にはチカの誕生日だ、なにがほしいか王は聞きたいのだと思うよ」

「……セザール様も、一緒に行ってくれますか？」

「私はいい。まだ用があるから、父親と二人で楽しんできなさい」

　かるく頭を撫でて、セザールは出ていってしまう。呼びとめることはできず、チカは立ち尽くしたまま、廊下に消える背中を見送った。

　四日後は朝から、たっぷりの花と新しい服が部屋に届けられた。急いで作らせたという服は深い青に銀色の飾りがついていて、上衣の後ろの裾は引きずるほど長い。侍女たちはチカの髪を丁寧にとかし、左の耳の付け根には花と宝石でできた飾りをつけた。

　お似合いですよと褒められているうちにデオダートが迎えにきて、チカは見送る侍女たちの目を気にしながら問いかけた。

「あの……セザール様は？」

　今日は支度を終えたら王の元に来るようにと言われていた。四日前、王と二人で朝食を食べたときに、紹介したい人たちがいるから誕生日に会ってくれと言われ、断ることもできずに頷いたのだが、知らない人と顔をあわせるなら、セザールにいてほしい。

　デオダートは半分振り返って頷いた。

「先においでになっています」

「だったらよかったです……けど、僕を紹介したいって、誰にかデオダートはわかりますか？」

「おひとりはオラーヴォ先生だと思いますよ。昨晩、王宮に到着されました」

　教えてもらえるのはありがたいが、どうしてオラーヴォ先生に、と首をかしげてしまう。フレデリコに紹介されるまでもなく、チカとは顔見知りだ。

（……きっと、先生以外は王宮の人だよね。僕のこと、息子だって言うのかな）

　ため息を飲み込んで、チカは足元を見つめた。靴も真新しくて、感触がぎこちない。王子にはなりたくないと、結局フレデリコには言えないままだった。彼を傷つけたくない気持ちが半分、残りはセザールが、もしかしたら王子と結婚したいのかもしれない、と思うからだ。もちろん、デオダートの推測を鵜呑《うの》みにするわけではないけれど。

　僕と結婚してくれますかとか、僕が王子のほうがいいですかとか、セザール本人に聞けばすむのに、それさえできていない。質問できないのはセザールの返答を恐れているからにほかならず、その臆病さが自分でもいやになる。

　信じている、愛されていると何度言い聞かせても、心の奥底では疑いが燻《くすぶ》っている。やだな、と今度はため息をついてしまい、チカは顔を上げた。見覚えのない廊下を歩いている。

「デオダート？　どこに行くんですか？」

「謁見の間です。もう着きます」

　行く手の扉前にひかえた守護士が、チカたちを見つけて扉をひらく。飾りのついた大きな椅子と、それより少し小ぶりな椅子が並んでいるのが見えた。その向こう、広い空間にはセザールとオラーヴォのほか、男性と女性があわせて五人立っていた。五人とも白のローブ姿――読書士長だ。年齢はばらばらで、女性のひとりは真っ白な髪をしており、オラーヴォと同年代に見えた。

　扉が閉まると、大きな椅子からフレデリコが立ち上がり、チカを迎えた。着飾った姿を眺め、嬉しそうに顔を綻ばせる。

「想像以上によく似合うよ、チカ。誕生日おめでとう」

「ありがとうございます。……すみません、こんな高価な服を用意していただいて」

「儂がどうしても贈りたかったのだ、喜んで着てくれればいいのだよ。さあ、ここに座りなさい」

隣の椅子にチカを座らせたフレデリコは、自分も腰を下ろすと、広間に並んだ人々に目を向けた。

「集まってもらったのは、彼を紹介するためだ。名前はチカ、儂のもうひとりの息子だ」

重々しく告げ、チカを誇らしそうに見つめてくる。

「今日成人を迎えたばかりだが、亡きエンリケと同じく、聡明《そうめい》で心優しい、自慢の息子だ。長年セザールに育ててもらってきたが、本日より正式に、チカを王子として迎えるものとする」

セザールとオラーヴォ以外の読書士長たちが、互いに顔を見あわせた。驚くというよりは困惑しているようだ。量の多い黒髪が目立つ、いかつい顔立ちの壮年男性が、前に進み出る。

「エンリケ王子が亡くなられたことをいまだ公表しないのは、彼を王子として迎えるためだったというわけですね。あの噂のとおり、チカ様は陛下とイウリのあいだに生まれた子だということでしょうか」

「いかにも」

フレデリコは堂々と頷く。黒髪の読書士長は、ちらりとセザールにも目を向けた。

「セザール様に養育を任せていたということは、不仲だという噂は事実ではないと？」

「無論だ。チカは見てのとおりうさぎだから、図書塔のような、発掘も研究も経験を積める環境がいいと、セザールは考えてくれたのだ。本来ならばよき折を見計らい、王宮に戻ってもらいたいと考えていたが、エンリケのことがあったゆえ、急ではあるが、迎えることとした」

「たしかに、うさぎの養育係なら、セザール様ほど適任もないでしょうね。この国で一番の読書士だもの」

女性の読書士長のひとりが納得したように頷く。でも、と不満げな声を出したのは金の髪を持つ女性の読書士長だ。

「我が国に長いこと大読書士長が存在しないのはセザール様のせいでしょう。いかに陛下が取り繕っても、不仲は公然の秘密だったはず」

納得いかなそうな様子に、チカははらはらした。読書士長ともなれば、国王にも意見ができる立場ではあるけれど、あまりにも敬意の足りない話し方だ。デオダートは国王をよく思わない貴族もいると言っていたが、読書士長も同じようだ。

フレデリコは落ち着いた様子で、宥めるように右手を上げた。

「疑いはもっともだ。だが、儂は誰よりセザールを信頼しておる。彼の読書士としての才能は国の宝だ。王子の養育を任せたのも信頼しているからだし、大役を終えた今こそ、彼を大読書士長に任命したいと思う」

悔しげに、あるいは当然だろうという顔で、読書士長たちはセザールを見やる。彼はひとり、まるでなにも聞こえないかのように泰然としていた。オラーヴォは少し離れて、事態を見守るかまえだ。

私は賛成です、と言ったのは、目立たない風貌の読書士長だった。

「セザール様は我が街にも多大なご助力をくださっています。貴族は森を独占しようとしたり、富や知識を溜め込んだりと、民のためにならないことをなさる方もいますが、セザール様は常に、市井に暮らす人々のために、書物の知識を分け与えてくださいますから、大読書士長にもっとも相応しいでしょう」

眼鏡を押し上げる仕草で、中間の街で会った読書士長だと思い出した。その言葉に頷いている読書士長もいる。彼らの表情を見る限り、セザールの処遇に反対しているのは二人だけのようだ。

フレデリコは満足げに、眼鏡の読書士長を見やった。

「そなたの言うとおりだ。セザールは高潔で、私利私欲のためには動かぬ。それについて異をとなえる者は、世界中探してもおるまい。——よって、今までの功績も鑑み、彼を大読書士長に任命するだけでなく、チカの婚約者にしたいと、儂は思っている」

「婚約……？」

大読書士長という待遇には納得顔だった面々も、さすがに驚いたようだ。チカやセザールをぽかんと眺めている。王は優しくチカを振り返った。

「チカはセザールを好いておるのだ。儂はなにより、チカに幸せになってもらいたい。セザールならば王子の、引いては国王の伴侶としても相応しい」

「……しかし、それではいずれ、国王の権限は実質セザール様が握ることにはなりませんか？」

顔をますますしかめた金髪の女性が、忌々しげにセザールを睨む。その視線を涼やかに受けとめたセザールが、初めて口をひらいた。

「陛下はそのようにおっしゃいますが、私を王宮に迎え入れることは、喜ばない者も多いはずです。どうなさるおつもりですか？」

「きみが案ずることはない、セザール。反対する貴族はすでに、儂が説得してある」

「貴族はなにも知りませんからね。ですが、読書士長の中には、どうしてもいやだと言いたい方もいるようです」

「当たり前だ」

低く言ったのは最初から反対している男だ。たっぷりした黒髪を嘆かわしそうに揺らす。

「私に言わせれば、セザール様は罪人も同然」

「セザールはなんの罪も犯してはいない」

フレデリコは遮るようにきっぱりと言った。

「皆も、心情はともかく、理性で考えれば、大読書士長、およびチカの婚約者としては、セザールが一番相応しいとわかるはず。彼は『二の島』をはじめほかの国々でもその名を知られ、尊敬される読書士だ。チカとともに国を治めてくれれば、ポルトカレの地位も一段と高まる。貴族たちもそれがわかっているから、納得してくれたのだ」

「そうですね」

同意したのは白髪の女性だった。背が高く、背筋をぴんと伸ばした彼女は堂々としている。

「昔のセザールは、生意気で独善的な若者という感じだったけれど、責任ある大人になったようだし、うさぎの子供をここまで育てたのなら、忍耐力も身についたでしょう。だいたい、図書塔を預かるのは大読書士長の仕事なのですから、今までだってその地位にあったも同然です。これからはきちんと議会にも参加するのが条件ならば、いいんじゃないかとわたくしは思うわ。――オラーヴォ先生はいかが？」

「わたしは国政に口出しする立場ではないよ」

首を振って、オラーヴォはふさふさの眉毛の下から、じっとフレデリコを見つめた。

「陛下からはご相談を受け、幾度かはご助言申し上げた。その上で陛下が決められたならば従うまでのこと。大読書士長については、読書士長全員の賛成があればいいのだから、あなた方で決めればよろしい」

「チカを立派に育ててくれただけでも、素晴らしい功績だ。諸君にはぜひ賛成してもらいたい」

フレデリコが改めてそう呼びかけると、ふっとセザールが俯いた。チカは慣れない雰囲気に身体を強張らせたまま、両手を握りあわせた。いやな予感。

わけもわからないまま「だめ」と言いたくて腰を浮かせかけたとたん、セザールが顔を上げた。

「おとなしく聞いていれば、さすが陛下。小賢しく他人を言いくるめるのが本当にうまいですね」

薄青の瞳が苛烈に輝いていた。露骨な侮蔑に、読書士長たちが気圧されたように息を呑む。フレデリコはこらえるように、ぐっと肘掛けを掴んだ。

「言いくるめているのではない。皆が正しい判断をしてくれるよう、王として説得をしている」

「もっともらしい理屈をつければ、誰でも言うことをきくとお思いなのでしょう。ついでに、ご自分の身分や権力にも、ずいぶんと自信がおありのようだ。そのように考え方が貧しいから、王位でなら私を懐柔できると信じているのでしょうが——」

　セザールは流れるように国王をけなし、燃え立つ目でチカを一瞥した。嘲笑を浮かべた表情は、普段なら決してチカには向けられないはずの、ひどく冷たいものだった。

「そのうさぎの婚約者にすれば、私が喜ぶとでも思ったのですか？　詫びだの情けだので得る地位などなんの価値もないのに」

　チカは強張ったまま動けなかった。身体の中で、ぱらぱらと壊れていく音がする。苦しげなほど歪んだセザールの顔が恐ろしいと思うのに、目を逸らすこともできない。

「セザール、僕は、懐柔だとか詫びだとか、そういうことではなくてだな」

　宥めようと笑みを浮かべかけたフレデリコは、セザールにひと睨みされて言葉を失った。

　今やセザールは、全身から蒼《あお》い炎を立ちのぼらせているかに見えた。

「どう理屈をつけたところで、私に対する特別扱いが、ご自分の愚かな過ちの尻拭いだと、知っている者にはわかります。……ですがまあ、陛下がそこまで罪の意識を感じて、王位を譲ろうとしたことは、悪い気はしませんね。こうなるように、私が仕組んできたとおりの結果にすぎないが」

　セザールは薄い笑みを見せてチカを指さし、竦んだ一同を見回した。

「汚れた情事で産み落とされたあのうさぎを、私がどうして育てたかわかりますか？」

「――」

「殺さずに育てれば、そのあいだずっと国王を苦しめられるからだ。そしていつか、私を裏切った二人の血を引くうさぎに、私と同じ恥辱を味わわせてやるために、特別優しくしてやったんだ。懐いて、恋をして、私がすべてだと思わせてから、犯すためにね」

ひゅっと自分の喉が鳴るのが、奇妙に遠く聞こえた。

（犯す――）

心をかよわせ、愛しあったはずの行為を、セザールはただの暴力だと考えていたのか。口づけたときも、貫いたときも、奉仕をしたときもさせたときも。

全身が石になったように冷たかった。チカはまばたきもできず、セザールの苛烈な視線を受けとめた。

「犯すときも優しくしてやったんです。愛していると囁いて、可愛がってやりました。そのほうが一番効果的な状況で絶望させてやれるからだ。こいつがどれほど乱れたか、そこの守護士もよく知っていますよ」

顎で示されたデオダートが不愉快そうに眉をひそめる。セザールはくつくつといやな笑い方をした。

「もちろん、図書塔からの道中に付き添ったほかの守護士も知っているでしょう。このうさぎがどれだけ発情していたか、どんな声をあげて達くか――王宮についてからも、私のものにしゃぶりついてよがったんです」

貶《おとし》める言葉が広い空間に響き渡る。読書士長たちは皆、顔をしかめていた。

「上辺だけの愛情だというのに、馬鹿なうさぎだけでなく、王まで私があれを愛していると思い込んでくれて、実に愉快ですよ。——この私が淫らなうさぎなど、愛するわけがない」

ごん、ごん、と心臓が打ちつけられるように痛んだ。セザールの言葉は杭《くい》のようだ。チカを抉り、深々と刺さって殺していく。

「イウリだってそうです。手元に置いて役立てるために婚約を決めたが、チカを育てるあいだに、結婚しなくてよかったとしみじみ実感しました。育ての親にも欲情するような汚らわしい生き物だ、妻になったと舞い上がって、さぞ鬱陶《うっとう》しかったに違いないですからね」

「セザール、そのへんにしておきなさい」

オラーヴォがそっとセザールの腕を引いた。

「死者を侮辱するのも褒められはせぬが、なによりチカが可哀想じゃ」

「そうですか？　私はやっとすっきりしました。毎日つきまとわれて、甘ったるい花の匂いをさせて——あの耳も目も、目障りで仕方なかった。これでようやく自由です」

セザールはオラーヴォの腕を振り払った。

「約束どおり書物はいただきますが、婚約者だの大読書士長だのはご遠慮申し上げますよ。愚か者同士で、手を取りあって頑張ってください」

言い捨て、靴音を鳴らして広間を出ていく。呆然と見送ったあと、黒髪の読書士長が憤然と言った。

「信じられん。今すぐあいつを捕らえて処刑すべきですぞ、陛下」

「私もそう思います」

無言で警備役をつとめていたデオダートが一歩進み出た。眉根はきつく寄せられている。

「あの暴言は許すほうが間違いです」

「わかっている」

フレデリコはため息をついて額を押さえ、二人を押しとどめるように手を上げた。

「だが、少し時間をくれ。あいつは決して悪人ではない。激情に駆られると、自分が思っている以上にきつい言葉を口にしてしまうんだ。……儂には、彼が憎しみのあまり、自分自身のことも傷つけているように思える。ああして暴言を吐いて、儂が怒って彼を見限るのを、わざと待っている気がするのだ」

「だったら見限ればよいのです」

「それは、チカには酷なことだ」

フレデリコは怒りのおさまらない様子の読書士長から、横に座るチカへと顔を向けた。

「チカ。大丈夫かい？」

チカはセザールが消えた扉のほうをじっと見たまま、いまだ動けずにいた。皆の声は聞こえるし、視界の隅で王が案じてくれているのも見えている。だが、チカの中の大事な糸が——書物を書物たらしめる綴《と》じ糸が切れてしまったように、なにもかもがばらばらで、声を出すことも、かけられた言葉を理解することもできない。

ただ、苦しそう、と思う。

（セザール様、苦しそうだった……）

彼は苦しいほど憎いのだ。王が、イウリが――そしてチカが。

フレデリコは立ち上がると、静かにチカの頭を抱きしめた。

「儂のせいでつらい思いをさせてすまないな、チカ。あれはきっと、セザールの本音ではないよ。あとで儂がセザールと話してみるから、そんなに傷つかないでおくれ」

「……」

「おまえのことは愛しているはずだ。イウリのことも、愛していたはずなんだ。チカだって、セザールは優しいと言っていただろう？」

耳の外側を、慰める声が素通りしていく。チカはとうにセザールが消え、閉ざされてしまった扉だけを見つめたまま、ぼんやりと思った。

（全部、嘘だったんだ）

さっきチカを見たセザールの瞳の底には炎が揺らめき、恐ろしい気配があった。あれと同じ熱を、チカはこれまでも感じたことがあった。初めて抱かれたとき。愛していると言われたとき。――否、もっと昔にもたぶんあった。子供だったチカが気づかなかっただけで、彼は何度も、あの目でチカを見たはずだ。だからこそ、ときどき、セザールを怖いと思った。不安で、寂しい気がした。

すべては憎まれていたからだ。

育ててくれたのも、愛してくれたのも、甘い言葉も全部、チカと国王を傷つけるためだった。

（……僕は、セザール様に、愛されてない）

手足がひどく冷たかった。

無反応のチカを幾度も撫でたフレデリコは、いたわしそうに目を細めてデオダートを呼んだ。

「この様子では歩くこともできまい。部屋まで連れていって、よく休ませてやってくれ」

「かしこまりました」

王にかわって、デオダートがチカに触れてくる。横抱きに抱え上げられる揺らぎは感じられたが、やはり壊れてしまったように、なにも反応することができなかった。

◆◆◆

出入りの商人にすら会わせないようにしているのに、読書士の誰かが外の流行《はや》り熱をうつしたようだ。チカは昨夜から起き上がれないほどの高熱で、私を悩ませた。

図書塔には医学に関する書物があるし、すぐに医者を呼べない孤立した立地ゆえ、多くの薬が常備されてもいる。だが、この手の熱には基本的に、できる治療がないのだ。水を飲ませ、痛みや熱をやわらげる薬を与え、あとは本人の体力に頼るしかない。

　なんと無力だろうと苛立ちながら日暮れを迎えて、ようやく村から医者が来た。来たところでできることが増えるわけではないが、彼が診てもチカの症状は流行り熱だとのことだった。ほかの病気でないのは、多少安心できる。

　だが、夜になってチカの熱はまた上がったようだ。苦しそうで、ときおりうわ言で私を呼ぶ。これを書き終えたら、朝まで手を握っていてやらなければ。


　朝になった。幸い、チカは目を覚ました。熱は高いが、昨日よりは少し気分がよさそうで、おなかがすいた、と掠れた声で言った。すぐに用意させた粥《かゆ》を、抱き起こして匙《さじ》で口に入れてやると、数口食べたあとで恥ずかしそうにする。

「もう十六歳なのに、セザール様に食べさせてもらうなんて赤ちゃんみたいですよね。……ごめんなさい」

　謝る声のひそやかさがあまりにイウリと似ていて、ぎくりと身体が強張った。私は努めて優しい笑みを浮かべた。

「謝ることはない。いくつになろうと、高熱が出ればつらいものだ。チカに頼られるのは嬉しいよ」

「でも、いっつも僕がセザール様にしてもらうことばかりです。読書士たちも言っていました。たいていの読書士は十四歳か十五歳から親元を離れて勉強して、十八歳頃には試験を受けるんですよね。

……チカはいつまで経ってもセザール様にべったりだって」

「チカはうさぎであって読書士ではないし、読書士だって、認定を受ける年齢も、学びはじめる年齢も人それぞれだ。真に受けることはない」

　粥を掬った匙を口元に寄せてやれば、チカはおとなしく食べる。嚥下するともの思わしげに睫毛を伏せ、それから躊躇《ためら》いがちに見上げてきて、心臓がとまりそうになった。寝ているとイウリに似ていると思っていたが、この仕草も彼女に似ている。言いたいことがあるのに迷って口にしない、気弱な視線の向け方。

　だが、眼差しに含まれる感情は違う。チカは潤んだ目でじっと見つめ、寂しそうにまた伏せた。

「夢を見たんです。灰色で、なにもないところに僕はいて——怖くなってセザール様を呼びました。呼んで、探して、走って、でも身体がうまく動かなくて。転んでしまって顔を上げたら、遠くにセザール様が見えて、ほっとしました。一生懸命、『セザール様、僕はここです。探しました』って叫ぶんですけど、セザール様は聞こえたはずなのに、背を向けてしまうんです。僕は慌てて追いかけようとするけど、全身痛くて立ち上がれなくて、置いていかないでと頼みました。……でも、セザール様は行っちゃった」

「ただの夢だよ。熱が出ると悪夢を見るものだ」

　片腕で抱え直したチカの身体はまだ熱かった。かいた汗のせいだけでなく、甘く、花の香りが漂う。彼はもぞもぞ動いて、控えめに私にしがみついた。

「怖いんです。僕、いつかここを出ていかなければなりませんか？　セザール様は育ててくださった親だけど、親とずっといたいって思うのは変？」

　胸いっぱいに、言葉にならない感慨が溢れ返る。イウリがもの言いたげな目を向けながら飲み込んだのは反抗の言葉だったろうが、チカが飲み込むのは拙い愛の言葉だ。声に出せずにいても、花の匂いを振りまいて、身体ごと、私が好きだと訴えている。

　期待どおりだ、と考えながら、私は器と匙を置き、チカの耳を撫でてやった。

「読書士の無責任な推測など、鵜呑みにするものではないよ。私がチカを育ててきたのは、自分のうさぎにするためだと言う者だっているだろう？」

「……います、けど」

「彼らはどちらも間違っている。私はチカを無理に出ていかせたりしないが、それはチカと契約して、自分のうさぎにするためではないよ。いつも言うだろう？　チカのことを大切にするのに、理由なんかないんだ。チカがチカだというだけで、私にとっては宝物だ。だからチカの痛みは私の痛みでもあるし、おまえの喜びが、私にとっても喜びになる」

「セザール様……いっつもそう言ってくれますよね」

　顔を上げたチカはようやく、ほっとしたような表情になった。私は額に口づけてやった。

「さあ、もう少し食べなさい。食べたら寝て」

「もう起きられます」

「だめだよ、今日は休まなければ。ただの流行り熱だと油断していると、咳がとまらなくなったり、ほかの病になったりするよ」

粥の器を再度持ち、掬ってチカに食べさせる。チカは頬を染めながら飲み込んで、はにかんだような、拗ねたような声で呟いた。

「セザール様は、僕のことになると心配性すぎるって、読書士たちが言ってました」

「当たり前だろう。万が一にだってなくすわけにはいかないんだ」

最後のひと匙をチカの口に入れ、私は耳の付け根に鼻を埋めた。甘い匂いは誘うかのようだ。嗅いでいると腹の底が落ち着かなくなって、きつく抱きしめたくなる。うさぎと人間は違う種族なのに、それでも生殖の本能が刺激されるのだから不思議なものだ。

抱きたいのはただの生理的な反応だ。私とて雄だから、組み敷き種をつけたいと感じるだけで、愛情とは違う。痛いほど心臓が脈打つのは、満足しているからだ。仕向けたとおりの結果に、気分が高揚している。絹のような耳の毛を撫で、あたたかさを心地よいと思うのは、手に入れた実感が得られるから。

すべては裏切るための布石だ。

私はあえてチカの性感を煽るように、寝巻越しに下腹を揉んだ。息を呑むのに気づかないふりで、胸に手をあてがい、指を食い込ませる。

「チカのすべてが大切なんだ。……だからどうか、私をひとりにしないでくれ」

「僕はセザール様をひとりになんかしません。ずっと一緒です」

チカは芽生えたであろう大人の疼きに濡れた吐息をこぼし、花の匂いを濃くしながら、抱きしめる私の手に自分の手を重ねた。

「セザール様が、僕を宝物だって言ってくださるんだもの。それって、僕はセザール様のものだってことでしょう？」

「――もちろん、そうだよ」

私のものだ。余すことなく手に入れれば、心を操るのは簡単だから。

安心しきって愛情に浸れば浸るほど、裏切られた絶望は深い。どれほどチカが傷つくかを思うと、腹の底が疼いた。

味わうべきなのだ。私が受けた苦しみを、チカは知らなければならない。

◆　◆　◆

すべてが遠く離れた場所で進行する、舞台劇のようにチカには思えた。

朝の光がさし込む明るい部屋は朝食のための場所だ。大きなテーブルに並んでいるのは、果物に白いパン、野菜スープ、蜜にチーズ、ミルク、お茶、甘い焼き菓子と、豪華な朝食だった。幾人もの侍女が壁際に控えていて、戸口のそばではデオダートが、こちらを見守っている。

それらが、なんだか現実の光景ではないような気がした。

図書塔では、年に一度の祝祭の日に、読書士たちが劇を披露する。筋書きは神話だったり、発掘した書物を元に書かれた話だったり、創作好きの読書士が考えた物語だったりと、年によって違うのだが、皆楽しそうで、チカも見るのが好きだった。ときに笑い、ときにはらはらし、涙することもある、架空の人々の人生。楽隊を結成している読書士が音楽で華を添え、食堂でもこの日ばかりはいろんな種類のご馳走が用意されるのだ。

楽しかったな、とぼんやり思いながら、チカは匙を置いた。何口か食べたのに、野菜スープの味が思い出せない。こんなに残しては作った人に申し訳ないと思うのに、どうしても口に入れられなかった。向かいに座ったフレデリコが、寂しそうに肩を落とす。

「チカ。今朝も食べられないかい？」

「……ごめんなさい」

「責めているんじゃないよ。ずっと食欲がないのが心配なんだ。昨日も一日、なにもしないで部屋でじっとしていたし……街に出かけて、気分転換をしてきてはどうかね？」

フレデリコはデオダートを振り返って呼んだ。

「チカの好きそうな場所に案内してやってくれるか。海風を浴びれば少しは気分も晴れるはずだ」

「かしこまりました。――チカ様、行けそうですか？」

デオダートの表情も心配そうだ。自分のことを案じているのだと頭では理解しているのに、チカは笑うこともできず、機械的に頷いた。

「大丈夫です」

「セザールのことは心配いらないよ、チカ」

フレデリコはチカの背後に回って、両肩に手を乗せた。

「図書塔に戻るつもりらしくて、街道を進んでいるそうだ。オラーヴォ先生が説得をかって出てくれて、あとを追いかけているから、遠からずチカときちんと話す機会が来る。チカと二人きりなら、セザールもきっと本音を言ってくれるはずだ」

励ます口調は、半ば彼自身に言い聞かせているかのようだ。チカは俯いてうなじに触れた。首飾りの硬い石の感触に、ゆるく吐き気が込み上げる。青い石。旅路の安全を願い、イウリが贈ったお守り。チカの――イウリの瞳と同じ、青緑色の宝石。

重たく食い込むように感じるこの首飾りを、いっそ捨ててしまえたらいいのに。

「……部屋に戻ります」

チカはふらつきながら立ち上がった。気持ち悪い。耳の奥できいきいと軋むような音がして、転げ回ってかきむしりたいのに、手に力を入れることができなかった。ぼうっとあたりの景色が滲んで、いっそう遠ざかっていく。灰色の世界に、これは夢かもしれない、とチカは思った。

こういう夢を見たことがある。無彩色のひどく寂しい世界にチカはひとりぼっちで、怖くてセザールを呼ぶのだ。遠くに彼を見つけても、セザールは去っていき、チカは追いつくことができない。

でも夢だから、覚めてしまえば終わりだ。目を開ければあたたかな図書塔の寝台で、チカはセザールに抱きしめてもらっている。チカを見るときだけ甘くなる瞳で、チカを宝物だと言うのだ。

ほっとして、長い夢を見ていたんです、と言おうとして、どんと身体に衝撃が走り、チカはまばたきした。

雑踏の音がする。デオダートが身をかがめ、チカの肩に手を回していた。

「大丈夫ですか？　どこか痛めました？」

「……いえ。ここは？」

「またぼうっとしてらっしゃったんですね」

デオダートはため息をつき、ぽんぽんとチカの腕を叩いて服を整えた。

「ここは街の大通りです。書物屋がありますから、チカ様も興味がわくかと思ってお連れする途中ですよ。この時間は人が多いので、チカ様は急ぎ足の男にぶつかられたところです。――すみません、気をつけていたのに危ない目にあわせましたね」

「平気です。どこも痛くありませんから」

「耳を隠したのが失敗だったかもしれないな。うさぎとわかれば、いくら急いでいてもぶつかるやつはいませんからね」

デオダートはそう言うと、チカの頭に手を伸ばした。取られて初めて、帽子をかぶらされていたことに気づく。チカは露わになった耳を撫でた。

「どうして隠してたんですか？　出していたほうがいいの？　悪いの？」

「質問ができるくらいは元気になりましたね」

デオダートは笑って、道の端にチカを寄せた。ゆっくり歩きながら説明してくれる。

「図書塔から王子が戻ったことも、その王子がうさぎだということもまだ公表はされていませんが、お忍びで街を歩くなら、チカ様がうさぎだとわからないほうが安全だろうと思ったんです。うさぎの数は何十年も減り続けているので、不埒《ふらち》な輩《やから》が誘拐することもある。彼らはうさぎをほかの島に売り払うんですよ。王都は人が多い。人間が増えれば悪い輩も増えます。用心に越したことはないと思ったんですが……うさぎだとわかっていれば、善良な人間は丁寧に接します。チカ様がいくらよそ見をしていても、ぶつかられたりはしません」

耳を隠しておけば悪事を働く人間に目をつけられることがなく、露わにしておけば街の人には大切にされる、ということかと、チカは納得した。

「……図書塔から来るときは、隠しませんでしたよね？」

「セザール様が一緒だったからですよ。白いローブ姿で読書士長だと一目でわかる人がいれば、あえて彼の連れているうさぎを狙う馬鹿はいません」

笑って、デオダートは横の建物の扉を開けた。中に入ると、真新しい書物が並んでいる。

「ここは書記士の書いた書物を売る店です。主に街の人が使いますが、ときどきは読書士も来るようですよ」

ぴかぴかした革の表紙の書物たちは、おすましした少年少女のようだ。どんな書物か感じ取ろうとしても、感覚を伸ばすだけ気配が逃げてしまい、読み取ることができない。チカは手近な一冊を手に取ってみたが、数頁めくっただけで書棚へと戻した。

普段ならきらきらと飛び込んでくるように感じられる文章が、全然頭に入ってこない。書物なのに興味が持てず、それがどんな内容なのかを感じ取ることもできないのは、感覚がにぶっているせいだろうか。試しに鼻を動かして匂いを嗅いだが、店の中の新しい紙や革の匂いしかしなかった。目を閉じて探ってみても、どこにも慣れ親しんだ古い書物が見つからない。まるでうさぎでなくなってしまったみたいに思えたが、惜しい、とも感じられなかった。

靴の下の硬い床の感触や、目に映る光景が現実のものとは思えなくても、夢でないのは明らかだった。悪夢ならば嬉しいけれど、そう思い込むには胸の痛みが強すぎる。

過去の記憶に逃げ込んでは我に返るたびに、いっそう思い知る。

セザールはここにいない。チカを置いていった。汚らわしいとなじり、憎しみをぶつけて、行ってしまった。

俯いたチカに、デオダートは残念そうに言った。

「楽しくありませんでしたか？　お疲れなら、どこか店でお茶でも飲みましょうか」

黙って頷き、店を出る彼に続く。外に出れば荷車や馬、人が行き交うざわめきがチカを押し包み、潮の匂いのする風は冷たく感じられた。

「――僕は、これからどうなるんでしょう」

「王子になれば責任もついて回りますが、楽しいことも増えますよ」

力づけようとしているのだろう、デオダートの声は明るかった。

「オラーヴォ先生がチカ様の教師になってくださるそうです。陛下はチカ様には同じ年頃の友人も必要だろうと考えて、読書士やうさぎを王宮に招くおつもりのようです。親しくなれば、彼らと一緒に街に遊びに出ることもできます。港町まで降りれば安くてうまい店がたくさんあって、若者も大勢いるんですよ」

大通りを反対側に渡り、丸く造られた四辻を過ぎると、布の庇《ひさし》を伸ばした店が並んでいた。どこも通りにテーブルと椅子を出している。デオダートは色とりどりの飴が並んだ店で、いくつも飴を買ってくれた。

「細工飴、綺麗でしょう？　こういう手の込んだ菓子は、国の中でも王都が一番たくさんあります。もちろん王宮の料理人たちも一流ですから、チカ様はいつでも好きなものをおいしく食べられます。冬は国の南の端にある離宮にも行きます。深い湖があって、とても美しいところです」

エンリケ様と一緒に、俺も毎年行かせてもらいました、とデオダートは懐かしそうに言った。飴の入った籠を差し出され、チカは薄紅色のものを選んで口に入れた。

「湖は透き通っていて、底にかつての街が沈んでいるのが見えるんです。大きな建物を結ぶ空中回廊があって、そのあいだを魚が泳いでいます。チカ様もきっと気に入りますよ」

飴が溶けて蜜の味がする。チカは図書塔の上から見下ろした森を思い出した。あれはいくつのときだっただろう。セザールが手紙鳥を送り返すというので、一緒に物見台へ上がったのだ。どこまでも続いて見える暗い緑色の森がはるか眼下に広がり、薄曇りの空は白く光って見えた。手紙鳥の青と赤と緑が美しくて、大切そうにセザールに撫でられる鳥が羨ましかった。チカだって毎日撫でてもらっていたのに、セザールがほかのものに、愛おしそうに触れるのがいやだった。

ほんの子供だったあの頃から、チカはたぶんセザールが好きだった。

親としてではなく、ひとりの人間として。恋をし、つがう相手として。

「チカ様」

慌てたようにデオダートがチカの前にかがんだ。失礼します、と声をかけ、ポケットから取り出したハンカチでチカの頬を拭う。

「すみません、悲しい気持ちにさせてしまいましたか？　これからのことも心配はいらないと、励ますつもりだったんですが……」

「僕こそ……ごめんなさい。泣くつもりなんてないのに」

「泣きたいなら泣いてもいいんですよ。そのほうが、傷も癒えます」

「……べつに、癒えなくていいんです」

チカは胸を探った。外せずにいる首飾りを握りしめる。涙をこぼした目の縁が燃えるように痛かった。苦しいのは当然だ。これはきっと、セザールがかつて味わった苦痛なのだから――チカが味わうべき、引き受けるべき罰だ。

思えば、あれほど嬉しかった、「チカの痛みは私の痛みだ」という言葉だって、チカの想像とは逆だったのだろう。分かちあって苦しみを軽減するのではなく、狙いどおりに絶望するか、はっきり確かめたかったのだ。

そう思いつめるほど、フレデリコとイウリの仕打ちに、彼は傷ついた。

どれほど苦しくつらかっただろう、と考えて、チカは心が晴れない一番の理由はこれだ、と気づいた。

セザールの痛みがわかるから、悲しいのだ。

(きっと、すごく痛かったよね。何年も何年も、ひとりで憎しみを抱えているのは、僕が想像もつかないくらい孤独で、重くて、悲しかったよね……)

チカは気づけなかった。セザールがそう望んだとはいえ、ただ愛されていると信じて、幾度も無意識のうちに彼を傷つけたに違いない。

もう一度会えたら、謝らせてもらえるだろうか。イウリのかわりに。彼女のしたことも、チカ自身がセザールを苦しめてきたことも、ちゃんと謝りたい。彼はきっと聞き入れてくれないだろうけれど——でも、会いたい。

「……僕、セザール様に会いたい」

しゃくりあげて、チカは焼きつきそうな焦燥に震えた。会いたい。どうして出ていく彼を追いかけなかったんだろう。嫌われたって憎まれたって、チカはセザールが好きなのだ。そばにいたい。蔑まれてもいい、離れていたくない。

「会いたいです」

ひくひくと喉を鳴らして呟き、チカは目を見ひらいた。かがんだデオダートの肩越し、広い通りを横切っていった後ろ姿に見覚えがあった。枯葉色の外套を着てフードをかぶっているが、あの背の高さはセザールのものだ。

考えるより先に足が動いていた。デオダートを突き飛ばして走り出し、チカは人々にぶつかるのも気づかず枯葉色の背中を追いかけた。

「セザール様！　セザール様！」

図書塔に戻ったなんて嘘だったのだ。街にとどまって、チカが気づくのを待っていてくれたのかもしれない。チカが謝りたいと思うことなどセザールはお見通しのはずだ。

「待って、セザール様！」

叫んで飛びつくと、相手がぎょっとしたように振り返った。フードがずれ、セザールと同じくらいの年頃の男の顔が覗く。無骨な鼻が目立ち、薄い唇は斜めに結ばれている。美しい銀髪とは似ても似つかない、手入れされていない灰茶の髪が揺れ、チカは呆然と摑んだ手を離した。

（セザール様じゃない……）

ずれてしまった外套を直し、男は腹立たしげにチカを睨んだ。

「うさぎがなんだってんだ。なにか用か？」

「……いえ、人違いです。ごめんなさい」

「掏摸《すり》でも捕まえるみたいに飛びついてきやがって、うさぎだからって調子に乗るんじゃねえぞ」

背丈しかセザールに似ていない男はしゃがれた声で吐き捨て、チカの耳を摑むと、鞠《まり》でも投げるように壁に向けて放り出した。どん、と背中がぶつかり、息がつまる。同時にぶつりとなにかが切れる音がした。

「あんた、うさぎ様になんてことを……！」

通りかかった女性が声をあげるが、男は走って逃げていく。チカは呆然としたまま、首元から転がった青い石を見つめた。突き飛ばされた。摑まれた耳も、ぶつけた背中も痛い。だがそれ以上に、はずみで首飾りの糸が切れたことが衝撃だった。

（セザール様がくれた首飾りなのに……セザール様の、大事なものなのに）

這うようにして小さな空色の石を拾おうと手を伸ばすと、追いついたデオダートがチカを抱き起こした。

「チカ様は座っていてください。石は俺が拾います」

「でも」

「投げ飛ばされたでしょう。背中は痛みませんか？　耳は？」

忙しなく問いながら耳に触れられて、チカはかぶりを振った。痛いが、痺れたみたいでよくわからない。無意識に身体をまさぐり、首飾りの真ん中の石が服の中、臍のあたりにあるのを見つけて取り出した。握りしめて膝を抱えるように小さくなる。周囲では、人々がデオダートを手伝って、散らばった石を拾ってくれていた。信じられないわねえ、とふくよかな女性がチカを見る。男に怒鳴ってくれた人だ。

「うさぎ様を突き飛ばすだなんて。きっととんでもない悪党なのよ」

「怪我がなさそうでよかったが、びっくりしただろう」

石を拾ってデオダートに渡した男性も、心配そうな視線をよこす。石がもう残っていないのを確認して、デオダートが守るようにチカの前に立った。

「皆、ありがとう。うさぎ様は俺が責任を持って送り届けるから、心配には及ばない」

「うちの店はすぐそこだ。休んでいかれますかい？」

「いや。用の途中なんだ」

そっけない口調に、街の人たちは案じる表情をしながらも、少しずつ去っていく。デオダートはチカの肩を抱くようにして立たせてくれた。

「歩けますか？」

「……はい」

「首飾りは王宮に戻れば、すぐに職人が直してくれます。——それは？」

握りしめた拳にデオダートの目が向けられ、チカは迷った末に指をひらいた。

「首飾りの、真ん中に下がっていた石です」

「変わった宝石ですね。俺は初めて見ます」

　透き通って青緑色に輝く石を、デオダートは怪訝《けげん》そうに手の中の空色の石と見比べた。

「青い首飾りは旅の安全を祈願するお守りでしょう？　これは空色で珍しいですが、読書士はよく身につけている」

「セザール様が、図書塔を出るときにくださったんです」

　身体の奥のほうがにぶく疼いた。

「……元は、イウリがセザール様に贈ったものだそうです。セザール様がひとりで『二の島』に行くときに」

　はじめは嬉しかっただろう旅のお守りは、帰国してすぐに忌まわしいものに変わったはずだ。見れば憎しみがつのったはずなのに、セザールはずっと保管していた。たぶん、チカに渡すためだけに。

「イウリ様が、セザール様に？　初めて聞きました」

　デオダートは眉をひそめていた。チカはもう一度青緑色の宝石を握りしめる。

「フレデリコ様から教えてもらいました。僕がつけているのに気づいて、セザール様はイウリを愛していたから、チカにイウリを重ねて見ているのかもしれないって言ってました」

「チカ様にイウリ様を重ねたかどうかは、俺にはわかりませんが……イウリ様がセザール様に贈り物をするなんて、ちょっと信じられないですね」

「本当はイウリも行くはずだったのに、ひとりで行かせることになるから、贈り物をしたらどうかって陛下が提案したそうです」

「——それなら、まあわからなくもないですが。イウリ様はセザール様を好きではなかったでしょう」

デオダートは手のひらに乗せた空色の石をチカのほうに差し出した。

「普通、旅のお守りなら、この青い石だけで作ります。あえて違う石を入れるとしたら、なにか意味か、思いを込めているのだと思いますが、勝手に婚約を決めた相手に、自分の瞳と同じ色の宝石をわざわざ渡しますか？　愛する相手に贈るのならわかりますけど……この首飾り、本当にイウリ様がセザール様に贈ったのと同じものなんでしょうか」

「青い石はお守りによく使われるけど、空色の石は珍しいから、同じものだってフレデリコ様は言ってました」

信じきれない様子のデオダートにチカはそう答えたが、言いながら、フレデリコは青緑の宝石は見ていないのだ、と気がついた。服から覗いていたのは首の後ろの部分だけだ。真ん中の宝石は常に服の下で、誰にも——セザールにしか、見せたことはなかった。

チカの目の色だ、とセザールは言った。途中の街で裸にされ、口で愛してもらったときだ。

（……でも、イウリの目の色だって言わなかったのは、あのときはまだ、僕がセザール様に愛されてるって、信じさせておきたかったからだよね？）

できるなら、憎まれているなんて誤解だと思いたい。だが、脳裏に刻み込まれたセザールの表情は、安心するには強烈すぎた。

　無意識に握る指に力がこもる。デオダートはため息をついて石をポケットに入れ、チカを促した。

「帰りましょう。それとも、港町まで行ってみますか？　船をご覧になったことはないですよね」

「……今日は、帰りたいです」

「ではこちらへ。――たしかに、見るからにセザール様は執念深そうな方ですが」

　隣に並んで歩いてくれながら、デオダートは独り言のように言う。

「だからといって、憎しみが十八年も続くだなんて、俺にはわからないな。首飾りがイウリ様からの贈り物だったとしても、なにもチカ様に、旅立つ前に贈る必要はないと思うんですけどね。本当に旅の安全を祈願していたのでもなければ、身につけさせる機会はほかにもあっただろうし、べつに渡さなくてもいい」

「憎んでるって、わかりやすく国王や僕にわからせるためなんじゃないですか？」

「首飾りなんてあってもなくても同じですよ。読書士長たちの前で、陛下もチカ様も侮辱した、あの言葉だけで十分、どれほど憎んでいるかは伝わります」

　セザール様なら無駄なことはしなさそうなんですけどね、とデオダートは肩を竦めた。

「まあ、無意味なことまでするくらい、憎しみでおかしくなっていたのかもしれないですが。普通はできませんよ。いくら復讐のためとはいえ、はたから見てもセザール様はチカ様を溺愛しているようにしか思えなかったんですから」

チカは不意に、過去の一場面を思い出した。

あれは十六歳のとき、最後に流行り熱でふせったときだ。二日間つきっきりで看病してくれたセザールは、チカが動けるようになっても世話を焼くのをやめず、部屋から食堂まで抱いて連れていった。口さがない読書士が冷やかしても、「仕方ないだろう、チカは私の一番大切なものなんだ」と平然として、調理係の読書士に、チカの好きなスープを作らせたのだ。もちもちした小麦の団子が入ったそれを、寝台でしてくれたみたいにひと匙ずつ食べさせてくれて、読書士たちは呆れたような、微笑ましいような顔で見守っていた。

結婚したらいいのに、と読書士たちが言い交わすようになったのはあのときからだ。

敏感なうさぎの耳にはよく聞こえていたその会話は、セザールに怒られないようにいつも小声だったけれど、彼が一度も聞かなかったとは思えない。どんな気持ちだっただろう、と思うと熱いものが腹から込み上げてきて、チカはきつく俯いた。

好きだった。親切で面倒見のいい読書士はほかにもいたのに、セザール以外を特別だと思ったことがないくらい、彼だけが好きだった。それも当然で、セザールは常に、どんなときも、チカに無償の愛情を注いでくれていた。たとえそれが、将来チカをより深く傷つけるためでも——ずっとずっと、大事にしてきてくれたのだ。

「チカ様？　また泣いてらっしゃいますか？」

「……いいえ、大丈夫、です」

涙声で返して、チカは宝石を握ったままの拳で濡れた頬を拭った。垂れた耳で表情を隠し、好き、と口の中で呟く。

憎まれていても、チカは今でもセザールが好きだ。嫌いになんてなれるわけがない。記憶にない、生まれたばかりの赤ん坊の頃から慈しんでくれた人だ。溺《おぼ》れるほど愛されて育ったのに、チカが彼のためにできたことがどれくらいあるだろう。

書物なんか、いくら掘り出したって足りない。

（セザール様が憎いって言うなら、気がすむまで憎んでもらっていい。道具でも、身代わりでも全然いいよ。それがセザール様の望みなら、僕はなんだって叶えたいんだ）

好き、ともう一度繰り返して、チカは心に決めた。

（セザール様に、あげなきゃ）

チカの持っているもの、できることでセザールが喜んでくれそうなものはひとつしかないけれど、捧げる覚悟はできていた。

夜更け過ぎに、チカは王宮を抜け出した。図書塔にも厨房《ちゅうぼう》から外へと出られる扉があるから、きっと使用人棟にもそういう出入り口があるだろうと踏んだとおり、裏口のすぐそばには小さな門があり、運よく門番は眠りこけていた。チカは門扉は開けず、でこぼこした城壁をよじ登って越えた。

着ているものは寝巻だが、昼間外出のときに着た外套と帽子は身につけてきた。外の匂いを嗅ぎながら寝たいと言ったら、涙ぐんで「もちろんどうぞ」と言ってくれた侍女には悪いことをしたけれど――でも、デオダートや王に頼むわけにはいかなかった。

セザールを追いかけること自体は、何度も頼めば許してもらえただろうけれど、チカの目的はただセザールに会うことではないし、わがままを言って困らせるのも申し訳なかった。

静まり返った夜の街を、誰もいないか用心深く耳を澄ませつつ進む。

そういえば、誕生日からは何日過ぎたのだろう。呆然として過ごしていたせいで時間の感覚は曖昧だが、昨日でないのはたしかだ。たぶん三日から五日は過ぎてしまっている。セザールがすぐに王都を出たのではないにしても、馬車か馬を使っているはずだから、徒歩で追いかけるのでは決して追いつけない。けれど、誰かがセザールと連絡を取ってくれるまで――もう一度顔をあわせる機会まで、じっと待つのはいやだった。

一秒でも早く会いたい。

図書塔への道はなんとなく覚えている。匂いの記憶もあるし、途中で道を尋ねながら行けば迷う心配はないだろう。

街の中心部を抜け、郊外の畑や家が並ぶ中を、ひたすら進む。どこからか犬の遠《とお》吠《ぼ》えが聞こえて、一瞬魔物かと身が竦んだが、森ではないから出るわけがない。緊張する自分を宥めて、チカはひたすら進んだ。

駆け足が早足になり、普通の速度で歩くだけになり、足がじんじんと痛み出す頃には日がのぼりはじめる。すっかり明るくなると街道にもちらほらと人影が見え、チカはしっかりと帽子をかぶって顔を伏せた。

今ごろ、王宮ではチカの不在に気づいて騒ぎになっているだろう。チカがいなくなる理由はセザール以外に思いつかないだろうから、デオダートが追いかけてくるに違いない。街道の両脇にはもう畑はなく、低木の茂みが点在しているだけだった。大きな岩がごろごろしているが、見晴らしはいい。身を隠しやすそうな森は荒地の向こうに広がっていて、ずいぶん遠く見えた。チカは街道を見失わないよう気をつけながら離れ、岩陰や低木に隠れながら進むことにした。

用心して耳を澄ませ、何度も後ろを確認したおかげで、昼前にはデオダートが守護士を引き連れ、馬を走らせてくるのに気がついた。街道から十分離れた茂みの中で彼らをやり過ごし、蹄《ひづめ》の音が聞こえなくなるまで待ってから、再び歩く。

ほとんどなにも考えなかった。不思議と空腹も感じないが、ただ足だけはひどく痛む。図書塔から王宮に向かうときには、街とそれほど距離がないように感じた次の村は、まだ見えなかった。

のろのろと歩き、村に着いたら商人か旅人に、馬車に乗せてもらえないか頼んでみよう、と思う。チカが村に着く頃にはデオダートは、もっと先に進んでいるだろうだから、仮にうさぎだと村人に気づかれても、デオダートに知られる心配はないはずだ。それに、村の先は森だ。魔物が出たら、チカひとりでは対処できない。

（セザール様は、今どこにいるのかな）

オラーヴォとは一緒だろうか。ひとりだといい。チカがセザールに言う言葉は、誰にも聞かれたくない。

ふらっと身体がかしいで、チカはうずくまった。靴の中で腫れ上がった足が痛い。水も飲んでいないせいか、目眩がひどくて気持ちが悪かった。誰かに水だけでも分けてもらおうと、チカは這うように街道に戻った。

日中は通りかかる人の数もそれなりにいる。ほどなく枯葉色の旅装の二人連れが通りかかり、うずくまるように座ったチカが「すみません」と声をかけると、ぎょっとしたような顔をした。

「水を一口、分けてもらえませんか。それと、次の村には、あとどれくらいで着くんでしょう」

「――あんたひとりなのかい？」

連れの男性と視線を交わし、男は水を入れた革袋を渡してくれた。

「次の村なら、普通に歩けば夕暮れまでには着く。……一緒に行くかい？」

「いえ、大丈夫です。もう少し休みたいので」

一口だけ飲み込んだ水は、ぬるいが沁《し》み入るようにおいしかった。礼を言って革袋を返すと、男はじろじろ眺めながら、「気をつけなよ」と言った。

「このへんは家もない。ひとり旅は危ないぞ。誰か連れはいないのか？」

「……平気です。道は、わかってますから」

チカは詮索するような目を逃れて、足を引きずって道を離れた。岩の後ろで窪《くぼ》みに座り込むと、どうする、という囁きが聞こえた。もうひとりの男のようだ。水を分けてくれた男の声は聞こえず、足音が遠ざかっていく。彼らは王都に向かうようだ。ほっと息をついて、チカは目を閉じた。

先を急ぎたいが、体力は限界だった。ほんの少し休むつもりが、気づいたときには日が暮れかけていて、慌てて窪みから這い出すと、街道にはもう誰もいなかった。

時間は無駄にしてしまったが、おかげで足の腫れはいくらかよくなっていて、チカはゆっくり歩きはじめた。茜色に染まっていた空がみるまに紺色に変じ、銀色の星が輝き出す。図書塔では何度もセザールと星空を見たことを思い出すと、少し気持ちがやわらいだ。チカは冷えた手に息を吹きかけた。

(僕の世界は、セザール様でできてる)

記憶のすべてにセザールの姿が、あるいはその影がある。彼がいなければチカはきっと全然違う存在になっていたはずで、チカは自分が好きだ。セザールが大切にしてくれる自分が誇らしかった。その誇りはもうないけれど、こうやってセザールを追いかけている自分のことはまだ好きだ。

早く会いたい、とせつない気持ちが高まって、チカは足を速めた。

そのとき、後ろから車輪の音が近づいてくるのに気づいた。振り返るとぼんやりした暗がりの向こうから馬車がかなりの速度で迫ってきていて、チカはあたりを見回した。デオダートの部下や王宮の人だったら困るけれど、商人や旅人だったら乗せてもらいたい。森は街道の両脇にだいぶ迫ってはいるが、走っていくには遠い。身を隠す場所は見当たらず、チカはそのまま馬車が近づいてくるのを待ち受けた。

チカに気づいたのだろう、速度がゆるまり、追い越してとまる。幌《ほろ》をかけた荷台から男が二人降りてきて、そのうちひとりは昼間、水を分けてくれた人だった。チカはほっとして近づいた。

「こんばんは。昼はお水をありがとうございました」

「よかったよ、まだ遠くに行ってなくて」

男も安堵した表情で、チカの肩に手を回した。「さあ、乗って」

「村まで乗せていってくれるんですか？　助かります」

促されるまま、荷台に足をかけると、もうひとりの男が身軽く先に上り、チカを引っぱり上げた。チカの顔を見て、にやりと笑う。

「こりゃツキが回ってきたな」

「ツキ？」

意味がわからず首をかしげたが、次の瞬間、乱暴に耳を摑まれて、チカは目を見ひらいた。痛みと恐怖で全身が強張る。帽子がない。いつのまに落としてしまったのだろう。

男は顔を近づけ、チカを眺め回す。灰茶のぼさぼさ髪と大きな鼻には見覚えがあった。

「やっぱり王都でうろついてたうさぎだな。目の色がおんなじだ」

「――っ、はなせ……ッ」

街でセザールと間違えてしまった男だ。咄嗟に手を払おうとしたが、がっしりと太い腕はびくともしない。男は耳を摑んだまま、馬車の床にチカをねじ伏せた。

「おとなしくしてな。怪我されたら手当てしなきゃならんだろう。薬がもったいない」

半笑いで言いながら彼は手早くチカの手首を縛り上げ、荷物のように転がした。汚れた床で頬がざりざりとこすれ、倒れたまま睨みつけると、男は見せびらかすように手にした布を振った。

「舌を嚙まれたり騒がれたりも困るんでね、これもつけてもらうよ、うさぎ様」

「ッ、や、……ん、ぐ……ッ」

揶揄《やゆ》するようなにやにや笑いにぞっとしてあとじさりしようとしたが、狭い荷台では逃げ場がない。男はゆうゆうとチカに猿轡《さるぐつわ》をかませ、御者台に向かって「出せ」と命じた。馬車はゆっくり回転し、王都へと街道を走りはじめる。

そんな、とチカは青ざめた。村に向かうならまだよかったのに、引き返すなんて困る。

「んーっ、んんんーっ」

降ろして、と訴えようと呻くと、耳のすぐそばをなにかがかすめ、がん、と荷台の板が音をたてた。なにが起きたかわからず呆然と男を見上げ、伸びた足に、すぐ横を蹴られたのだとわかって血の気が引いた。

図書塔から出ることもなく大切に育てられたチカは、暴力がふるわれる場面を目にしたことさえない。まして、それが自分に向けられることなど、想像したこともなかった。

「喚《わめ》くと次は腹を蹴るぞ。これでも商品に傷をつけないように気を使ってんだ」

唇を斜めに歪ませ、男はチカを睨み下ろすと、どっかりと向かいに腰を下ろした。昼間水を分けてくれた男が、機嫌を窺うように水筒を差し出す。彼は手下のようだ。鷹揚に受け取って呷《あお》った口元からは酒の匂いがして、チカは眉をひそめた。酒の匂いは好きじゃない。残り香だけでも酔って気分が悪くなるのだ。

　男は何口もうまそうに飲むと、垂れた雫を拳で拭った。チカを見る目は濁っている。

「おまえが売れりゃしばらくは安酒ともおさらばだ。まだガキだ、さぞ高値で売れるだろうよ」

　子供じゃない、と言いたかったが、声を出して蹴られるのが怖くて、じっとうずくまる。馬車は速度を上げたようで、がたがたと揺れていた。油ランプの位置を直したもうひとりの男が、チカをじろじろと眺めてくる。

「子供のほうが高値なんですかい？」

「自分好みに躾《しつけ》ができるし、長く使えるだろ。『二の島』じゃ最近はうさぎはみんな読書士の嫁にするらしい。場合によっては数人で所有して子を産ませるんだと。うさぎの数が減ってるだろ？　うさぎに産ませりゃ半分はうさぎだから、数を増やそうと必死みたいだぜ。『六の島』の読書士なら、さらってきたうさぎでも喜んで買う」

　はあ、と半分呆れたように男が相槌《あいづち》を打ったが、チカはぞっとする思いだった。うさぎを売るだなんてひどい。しかも、結婚するのも愛しているからじゃなくて、数人で孕《はら》ませてうさぎをたくさん産ませるためだなんて、あんまりだ。

だが、たしかデオダートも言っていた。うさぎをさらう輩もいるから、耳は隠しておいたほうがいいと――だからチカも、王宮を抜け出すとき帽子をかぶってきたのだ。

酒を飲む男はつまらなそうに水筒を投げ出した。

「うさぎがひとりでうろついてるのを見つけたのは褒めてやってもいいが、そんとき捕まえてれば、こんな手間をかけずにすんだんだぞ。船の連中に文句を言われたらおまえが謝れ」

「連れの読書士がいるかもしれないと思ったんですよ。ひとりで旅するうさぎなんて、いるわけないですから」

「声をかけられたときはこいつひとりだったんだろう？　殴って気絶させて外套にくるめば荷物にしか見えないってのに、根性がないやつだ」

ぺっと床に唾を吐き、男はチカを見てまたにやついた。

「まあ今回は許してやるよ。こうして無事に手に入れられたしな。おれにも運が回ってきたようだ」

視線はねばつくようで、チカは口に押し込まれた布を噛みしめた。どうやら昼間から、帽子はもうなくしていたらしい。わかったところで、後悔しても役には立たなかった。

どうしよう、と視線だけ動かして馬車の中を見回し、チカは諦めたように見えるのを願って目を閉じた。男はチカを船に乗せ、『六の島』で売るつもりのようだ。足は縛られていないから、馬車を降ろされたときに、隙を見て走って逃げるしかない。港町なら王都のすぐそばだ。民家もあるはずだから、逃げ込めばきっと親切な人が助けてくれる。

（――セザール様に、会うんだもの）

おとなしく売られるわけにはいかなかった。


馬車は予想どおり、やがて左に曲がって坂をくだっていく。徒歩ではあれほど時間がかかった道のりなのに、もう王都のすぐ近くまで戻ってきたのだとわかり、チカはがっかりした。男たちのところを無事に逃げ出しても、またあの道のりを歩くのだ。いつになったらセザールに会えるか、見当もつかない。図書塔までは徒歩で何日必要なのだろう。途中には村もなく、森ばかりが続く場所もあった。

だがまずは、ここから逃げなければ。

いつでも走り出せるように、膝を曲げて足の具合を確かめていると、男が立ち上がった。乱暴に引き起こされて顔をしかめたチカに、彼はふんと鼻を鳴らした。

「降りるぞ。暴れたら殴るからな」

脅されて小さく頷くのと同時に、馬車の速度が落ちた。幌の外からは強く潮の香りがする。手下の男は馬車がとまりきる前に荷台を降り、チカもあとを追おうとしたが、びん、と耳が引っぱられて小さく声が漏れた。

「……ッ、ぅ……っ」

「おとなしくしてろって言ったろ。勝手に動くんじゃない」

チカの右耳を握りしめた男は、そのまま引きずるようにして荷台の端まで進む。痛みと不安定な体勢にたたらを踏み、チカは焦った。掴まれていては逃げられない。使えるのは足だけだが、足元がおぼつかなくて、男を蹴ることはとてもできそうになかった。

（でも……やらなきゃ）

他人に暴力をふるうだなんて考えるだけでも震えが走るが、言いなりになっていたら船に乗せられてしまう。

半ば落ちるように荷台から出され、倒れ込みそうになったところを男が耳を引っぱり上げてとめる。痛みに喉を鳴らすと、彼は嗜虐《しぎゃく》的に唇を歪めた。

「おまえの腹はやわらかそうだな。蹴ってみたくなる。船に乗っているあいだは暇だから、鞠がわりに蹴ってやろうか」

「……っ」

ぞわりと悪寒が走った。

こんな人間も、世の中にはいるのだ。暇だから蹴るなんて残虐なことは、冗談だってできるはずがないと思うのに、濁ってぎらつく男の目を見ると、彼ならやる、と直感でわかる。

歯向かうどころか、へたりと膝から力が抜けた。男は満足げに舌なめずりする。

「そうそう、そうやってぐったりしてな。どうせうさぎは人間にゃ敵《かな》わねえんだ」

男が耳を摑んだまま歩き出すと、動かせない足がずりずりと地面にこすれた。すぐそばで、石を積み上げた岸に波が当たって砕けている。ザザン……という音は嵐のときの森の音にも似ていて、ふっと意識が飛びかけた。嵐の夜は風の音が怖いから、いつも抱きしめてもらっていた。セザールの腕の中ならなにも怖くなくて、ぴったり寄り添って体温を感じているうちに眠ってしまい、気づけば朝になるのが常だった。

（セザール、様）

会わなきゃ、とチカは目を上げる。真っ黒にそびえ立つ影は船だろう。乗せられたら逃げられない。蹴られても殴られても、今逃げなければ。

足の裏を地面につけて身をよじる。男が舌打ちして振り返る。よろめきながら摑む手をほどこうと頭を振ると、ぐるりと視界が回転した。にぶい痛みが肩を襲う。続けて、胸にもずんと衝撃が走った。

「この馬鹿うさぎ！　おとなしくしてろって言ってんだろ！」

硬いつま先が身体のあちこちにめり込む。チカは必死にうつ伏せになり、背中を丸めた。立たなきゃ。逃げなきゃ。痛くても走って、ここを離れなければセザールには会えない。

旦那ぁ、と手下の男のうろたえた声が響いた。だが気にしてはいられない。自分が蹴られる音を聞きながら、不自由な身体をくねらせて立ち上がろうともがき、チカはどうにか頭を上げた。後ろ手に縛られているだけでも難しい。もたついたらまた蹴り飛ばされて倒れてしまうと、膝に力を込めようとして、チカはようやく、蹴りがやんでいるのに気がついた。

　だが蹴るような音は響いている。遠くからどんどん近づくその音が入り乱れる蹄の音だとわかったのと同時、男が唸ってチカを摑んだ。

「くそ、急げ！」

「でも旦那、」

「急げって言ってんだろ！　せっかくのうさぎだ、諦められるか」

　忙しなくチカを肩に担ぎ上げた男が走り出す。もうだめだ、と呆然としたとき、凛《りん》とした声が響いた。

「その船の荷をあらためる！　全員動くな！」

　デオダートの声だった。無視した男はさらに走る速度を上げようとしたが、次の瞬間、がくんと身体がぶれ、チカは地面に放り出された。

　獣の咆哮《ほうこう》のような声を男があげ、脚を抱えて転げ回る。

「くそッ……くそ……！　痛え……！」

　太腿に突き刺さっているのは短剣だった。デオダートが投げたのだろう。身体を起こして確かめようとして、チカは強く抱きしめられて息を呑んだ。

「ああ、チカ……」

震える声が耳を打つ。鼻に感じるのは嗅ぎ慣れた匂いで、けれど咄嗟には理解できなかった。

まさぐるように顔に触れ、きつく結ばれた猿轡を解こうとしながら覗き込んでくる人を、ぽかんとして見つめ返す。乱れた銀の髪が落ちかかり、もしかして、とぼんやり思う。

必死に彼のことを考え続けたせいで、幻を見ているのだろうか。

あたりには罵声が響いている。いくつも裏が青いマントがひるがえり、指示を出すデオダートの落ち着いた声も聞こえた。捕らえた順に並べておけ、と言う彼の横顔を眺めてからもう一度自分を抱く人へと視線を戻し、チカはまばたきした。

「……セザール、さま？」

猿轡に圧迫されていた口の端が痛んだ。セザールは苦しげに目を細め、何度もチカの耳を撫でた。

「怪我は？　どこも痛めていないか？　乱暴はされなかった？」

「……大丈夫です」

本物みたいな声だ、と思いながら答えると、きつく抱き竦められる。

「どうして――どうして王宮を抜け出したりしたんだ。出かけたいなら、王かデオダートにそう言えばすむのに」

頬ずりする仕草も、心配のあまり震えた声も、まるでかつてのセザールのようだ。チカを愛して、誰よりも大事にしてくれていた頃の、大好きな彼。

「だって……セザール様に会いたかったんです」

幻でもいいや、と思いながら、チカはそっと頭を彼に預けた。

「どうしても会いたくて、ちょっとでも離れる時間を短くしたくて――早く会って、伝えたかったんです。嫌われても、憎まれていても、僕はセザール様が好きだから、ちゃんとお返ししなくちゃって、そう思ったらとまりませんでした」

目を閉じて胸いっぱいに息を吸い込むと、セザールの匂いに混じって、自分の体臭がした。甘い、咲き乱れる花の香りだ。

「――セザール様に、あげたかったんです」

「あげる？」

「はい。僕にはなにもないから、首飾りとか、そういうものは贈れないので、あげるとしたら僕自身しかないですけど、身体も命も、セザール様に差し上げます。ほら、セザール様言ってたでしょう？一生私に捧げてくれって。僕、ちゃんと捧げます」

セザールは険しい顔で、手首を縛った縄をほどいてくれている。固い結び目に苦戦して、「じっとして」と囁いてくる。

「縄を切るよ」

言われなくても、脱力してしまった身体は動かせそうにない。チカはセザールの肩先に頭を預けて呟いた。

「丸ごとあげるから、どう使っていただいてもいいです。本当はうさぎとして、お役に立てたら嬉しいですけど、それがだめでも、セザール様の気がすむまで、傷つけてもらうことだってできます。だって僕には、セザール様が十八年間、どれくらい苦しかったか、悲しかったかわかるから」

「――チカ」

「憎しみが消えなかったら、きっとすごく痛かったですよね。毎日毎日、目が覚めても、また眠っても苦痛で、逃げることもできなくて……生きているのがつらくなるくらい、大変だったと思うんです。だから、僕がセザール様のために、なんでもします」

「チカ」

「なにか取ってこいって言うなら、世界の果てまで行ってきてもいい。蔑むのでも、耳が嫌いなら切り落とすのでも――そうだ、蹴るのだっていいです。さっき、男の人が言ってたんです。船に乗っているあいだは暇だから、鞠のかわりに蹴飛ばそうかって。僕、そういうのでも全然――」

「チカ！」

ぎゅっと抱き寄せられて声が途切れた。さらさらと、首筋に銀色の髪が触れる。

「そんなふうに言わないでくれ、チカ。私が悪かったから」

耳に熱い吐息がかかって、なんだか泣いているみたいだ、とチカはぼんやり思う。優しいセザールの幻は、身体を震わせながら涙を流しているようだ。

「おまえを傷つけるべきではなかったね、チカ。人生で後悔することはひとつだけだと思っていたけれど――自分が愚かだと感じたのは、今日が初めてだ」

「……セザール様？」

どうして泣くのだろう、と不思議で身じろぐと、セザールは抱きしめ直して言った。

「人生を無駄にするより大きな損失があると、もっと早く受け入れてしまえばよかったのに。私にはすでに、チカほど大切なものは残っていないと、認めればよかった」

震える手でチカの頭を抱え、それから顔を覗き込んで、セザールは涙を頬に伝わせたまま微笑んだ。

「さあ、まずは安全なところに行こう――私のチカ」

私のチカ。

久しぶりにそう呼ばれた気がして、チカは数度まばたきした。幻のはずのセザールは消えることなく、いい子だね、と囁く。

「チカが大丈夫だと嘘をつくのはいつも私のためだ。あちこち怪我をしているだろう」

「……ほんとに、大丈夫です」

いつもの――かつてのセザールみたいだ、とぽかんとしながら答えて、チカは立ち上がろうとした。元気ですよと示すつもりだったのに、セザールの腕が離れると、一歩踏み出すこともまともにできずに身体がかしいだ。危なげなく抱きとめて、セザールは「ほら」と耳に口づけた。

「少しも大丈夫じゃない。チカの痛みは私の痛みなんだから、我慢してはだめだろう」

声とともにふわりとあたたかいものが耳から染み通って、チカはぼうっと彼を見つめた。整った美貌。あちこちで揺れる油ランプの光に、不規則に光る銀の髪。冷たく見える薄青の瞳が、チカを映し

て甘く細められている。

「……本当に、セザール様？　幻じゃなくて？」

「私だよ、チカ。――幻だと思うほど、苦しめてしまったね」

セザールは苦く呟いて、チカを抱き上げた。デオダートが足早に近づいてくる。馬を引いてきた彼に礼を言うセザールの声が、身体に直接響いた。

「早く手当てをして休ませたい。門はどこからでも入れるね？」

「もちろんです。俺もすぐに追いますが、セザール様は気にせず行ってください」

デオダートは半ばぼんやりしたままのチカに、優しい表情を浮かべた。

「よかったですね、チカ様」

よかったとはなにがだろう、と考えて、ひとつしかないなとチカはセザールの首筋に腕を回した。どうしてセザールが来てくれたのか、こんなにも優しいのかよくわからない。でもかまわない。会いたかった人に会えたのだから。

セザール様、ともう一度呼ぼうとして、チカはすうっと気を失った。

◆　◆　◆

願いが、誓いが果たされたなら、心はもっと晴れやかだろうと思っていた。

だがどうだろう。

たったひとつ残されていた憎しみを吐き出してしまった私には、もうなにも残っていない。

ただ空虚で、喜びも爽快感も、達成感もないのだ。自由になったはずなのに、かえって軛《くびき》をつけられたように身体が動かない。

息が苦しい。こめかみが痛む。

けれど、きっと一時的な症状のはずだ。幻のように何度も脳裏をチカとの思い出がよぎるのも、名前を呼びたいのも、きっとただの感傷のはず。

憎んでいたのだから。

憎まなければ、ならなかったのだから。

◆　◆　◆

やわらかいものが頬を撫でた気がして目を開けると、間近にセザールの顔があって、チカはどきりとした。長い夢を見ていた気がする。あたりは夕方のような黄色い明るさで、ふかふかの寝台の感触が心地よい。身体を起こそうとするとずきりと脚が痛み、チカは顔をしかめた。

セザールが背中を抱えて抱き起こし、いくつも重ねた枕にもたれかからせてくれる。

「無理をしないほうがいい。踵や足の裏がすっかりむけて血まみれだったんだよ」

「血まみれ？」

どうして、と聞こうとして思い出した。王宮を抜け出してセザールを追いかけたのだ。悪い人に捕まって船に乗せられそうになって、でも助けてもらえた。

あんなに憎まれていたのに、と改めてセザールを見上げると、彼は安心させるように微笑んで振返った。視線の先にはデオダートがいて、頷くと部屋を出ていく。見覚えのある、王宮のチカの部屋だった。

セザールはいろいろなものが載ったテーブルの上の箱を開け、チカの足に触れた。

「チカは昨日の夜から半日以上眠っていたんだ。疲れきっていただろうから無理もない。もう夕方だから、空腹なら消化にいい食べ物を用意してもらおう。喉は渇いてない？」

「……少し」

「まずこれを飲んで」

陶器の壺から注がれた白湯を手渡され、おとなしく飲み終えると、セザールはかるく頭を撫でてくれた。

「昨晩チカを怪我させた男は捕まっているから安心していいよ。幸い、蹴るか殴るかされた部分はひどい打撲じゃなかった。脚はしばらく痛むと思うけど、薬草には痛みどめも入っているから、もう一度塗っておこう」

穏やかに言いながら、チカの脚に巻かれた包帯をほどいていく。よく動く白い指先を見つめ、チカはきゅっと耳を握った。

（いつものセザール様だ――）

元に戻ったかのように、セザールのまとう空気がやわらかい。昨日も助けてくれた、と思うと嬉しさが込み上げてくるが、どうしてだろう、と疑問にも思う。彼は、離れた場所にいたはずなのだ。チカを憎み、復讐を果たして去っていった。

「あの……セザール様、図書塔に帰る途中だったんですよね？」

そうだよ、とセザールは頷き、薬壺を手にする。

「王位などいらないと言って王宮をあとにして、そのまま街を出たんだ。だが最初の村を過ぎて、森の中の休み場まで辿り着いたら、どうしても前に進めなくなった。すべて面倒な気がして、動くことができなかったんだ。そうやってもたもたしていたら、オラーヴォ先生が追いかけてきた」

熱を持った脚に冷たい薬液が塗りつけられる。ひりひりする痛みにぴくんと痙攣すると、セザールは心配そうな視線をよこした。

「まだずいぶん痛む？」

「……少しだけです」

「我慢はいけないよ。痛むようなら、ほかの薬草を使うからちゃんと言いなさい」

「ほんとに大丈夫です。薬が冷たいから、ちょっとぴくっとしちゃっただけで――、ん」

そっと目元に口づけられて、戸惑いと甘い安堵が同じだけわいてくる。セザールはチカの髪に指を通し、じっと見つめた。

「これからはなんでも素直に言うようにしないと。私なら気づいてやることもできるが、周りの人は言わなければ手助けできないからね」

「周りの人？」

誰のことだろう、と首をかしげたが、セザールは答えなかった。

新しい包帯を注意深く脚に巻いてくれているあいだに、慌ただしい足音が聞こえてきて、デオダートが王とオラーヴォを連れて戻ってきた。フレデリコが寝台へと駆け寄ってくる。

「チカ！　目が覚めてよかった――気分はどうだい？　痛みは少しはよくなったか？」

ぎゅっと手を握りしめたフレデリコは涙を浮かべていて、チカは申し訳なく思って耳と眉を下げた。

「ごめんなさい、心配をかけてしまって」

「セザールを追いかけたいなら、そう言ってくれればよかったんだ。ちゃんと馬車を用意してあげたのに……もう誰にも黙って無茶をしてはいけないよ」

「――セザール様にも言われました。でも、追いかけたいのは僕のわがままだから、誰も喜ばないし、申し訳ない気がしたんです。――ひとりでも、大丈夫だと思ったんですけど」

結局失敗して迷惑をかけてしまったのが情けない。しょんぼりすると、セザールがため息をついた。

「チカは子供の頃からときどきこういうことをしでかすんです。向こうみずというか、後先を考えないというか――しかも変なところで頑固で、注意してもやめないので、王宮でも気をつけてやってください」

「俺は極力おそばにいて、目を離さないようにしないといけませんね。……すみません、油断したつもりはなかったのですが」

　デオダートは自信をなくしたように肩を落としている。フレデリコは握ったチカの手を撫でながら彼を振り返った。

「誰も予測はできなかったのだから仕方ない。デオダートが早くにセザールに追いついてくれただけでなく、迅速に引き返してくれたからこそ、見つけることもできたのだ」

「あ……そういえば、どうして港町にいるってわかったんですか？」

　たしかにデオダートは守護士を引き連れてチカを捜していた。帽子はいつのまにかなくしてしまったから、うさぎが歩いているのを見た旅人はいたかもしれないが、馬車でさらわれたときは街道は無人だったし、セザールに追いついていたなら、デオダートも離れた場所にいたはずだ。

「わたしの手紙鳥を使ったんじゃよ」

　オラーヴォがゆっくり寝台に近づいて、微笑んでセザールを見上げた。

「チカ宛に手紙を出せば、居場所がわかるとセザールが言ってな。チカが王宮を抜け出したと知ったときのセザールの顔は、チカにも見せてやりたかったほどじゃ。デオダートを殴りかねない勢いでな」

「殴るだなんて、そんな野蛮なことはしません」

　セザールがいやそうに眉をひそめたが、気まずいのかほんのり顔が赤い。デオダートは生真面目な表情のまま頷いた。

「すごい剣幕だったので、俺は逆に安心しました。それだけチカ様を心配しているということでしょう？　陛下の言うとおり、憎んでいるというのは本音ではなかったのだとわかりました」

「ほ……本当？」

チカははっとしてセザールを振り仰いだ。フレデリコに手を握られていたのも忘れて、彼のほうににじり寄る。

「僕が、もう憎くないんですか？」

無意識に彼の袖を握ると、セザールは寂しそうに目を伏せた。

「もう、じゃないよチカ。おまえを心から憎んだことは、一度もないんだ」

「――でも」

だったらどうして、大勢の前で貶めるようなことを言ったのだろう。それにあのときのセザールの目や表情は、憎悪で歪んでいたはずだ。

セザールはわずかな微笑を口元に浮かべた。

「憎みたいとは思っていたよ。……いや、憎まなければと、思っていた。私はフレデリコ国王とイウリが憎かったから」

静かな声音で言いながら、セザールは寝台の周囲に集まったフレデリコたちにも目を向けた。

「少し長い言い訳になりますが、聞いていただけますか」

　全員が黙って頷く。セザールは袖を握ったチカの手をそっと外し、優しく寝台の上へと戻した。

「私は子供の頃から、自分が周囲と違うとわかっていました。自慢ではありませんが、なぜか書物への興味が強く、『礎の書』の言語だけでなく、ほかの古語も眺めているうちに不思議と読めてしまったのです。幼くして地元の学校に入りましたが、神童だと騒がれて友人はいなかった。読書士だった父は私に期待をかけましたが、母は気味が悪いと言っていました。取り立てて秀でたところのない弟のほうが可愛かったようですが、それを不満に思ったことはありませんでした。良きにつけ悪《あ》しきにつけ、突出した存在が周囲に馴染めないのは仕方ないことですから。王都に来てからは幸い、能力の高い読書士や先生に囲まれたおかげで、孤独を感じることもなかった。同志がいれば十分で、家族間の愛も仲間との愛も、恋人との愛も不要だとさえ思っていました」

「儂は友人だと思っていたが……」

　フレデリコが寂しげに呟く。セザールはかるく首を振った。

「今思えば私も、陛下は友人に等しい方だったと思います。ですが、当時の私はそういう情緒を無駄だと感じていたんです。読書士としての仕事が一番で、ほかのことはわずらわしかった。だから、協会からイウリを紹介されたときも、純粋に役に立つ存在を手に入れられたことが嬉しかった。これだけ優秀な私に専属のうさぎがいないことは長年不満でしたが、うさぎの数の少なさは承知もしていたので、手に入れたら結婚してたくさん子をもうけようと考えたのです。『二の島』では最近皆そうしていると聞いていたので――イウリが私を毛嫌いしたのも、仕方のないことだったのでしょう。イウリは美しかったし、書物を嗅ぎ分ける能力も高かった。両親が病気だという境遇には同情しましたし、私が支えて守ってやろうと考え、それが愛情だと思っていました。でもあれは恋とはべつの感情で、愛と呼ぶには弱かったのだと思います。なにしろ、一度もイウリの気持ちを確認したことはなかった。読書士とうさぎの契約も、婚約も、彼女にとっては鎖につながれるに等しい行為だったでしょう」

　ちくりと胸が痛んで、チカは両手でそこを押さえた。淡々としているセザールが痛ましく思えて、できれば聞きたくない、と思う。けれど彼の告白は、長年チカが知りたいと願っていたことでもあった。ほかの誰かから教えられるのでなく、セザールの口で語られる、彼の過去だ。

「これからは生涯私とともにいてもらうと言ったら、イウリは青ざめていました。言葉には出さなくても、態度が私のそばにいたくないと言っているようでした。イウリにとっても悪い話ではないのになぜなのかと不思議で、従わせようと必要以上に居丈高に接したこともあります。私は当代一の読書士と言われて、『一の島』からさえ移住してほしいと請われるほどでしたから、自分の意思が通るのは当たり前で、それが誇りでした。反抗されたのは生まれてから、幼い弟以外には初めてだったんです。——王の元に連れていったのは、はっきりと婚約すると王に言えば、イウリも諦めるだろうと思ったのです」

　一瞬、痛みをこらえるような表情を見せて、セザールはため息をついた。

「あとは皆が知っているとおりです。私の思惑とは逆に、イウリは陛下に恋をし、陛下もまたイウリを慈しみました。チカが宿り、『一の島』から戻った私は失望した。自らの言動を顧みることなく、イウリと国王を憎み、謝罪を拒みました。屈辱を受けるのは初めてで、許せず、復讐を決めたのです。イウリが死んだと知ったときは残念でした。彼女を苦しめることができなくなった、と思って」

「イウリなら、十分苦しんだよ。死ぬ間際まで、儂ときみの友情を壊したことを詫びていたんだ」

今度はフレデリコが苦しげに嘆息する。

「だから彼女に約束した。儂は必ずセザールに謝るし、彼が許してくれるよう、どんなことでもするとな。セザールの怒りや失望はもっともだし、高潔なきみなら、いっとき過ちを犯したとて、いずれは立ち直ってくれると信じてもいた」

「陛下らしいですが、それはかえって、私の憎しみをつのらせるだけでした。チカをさらって図書塔に閉じこもっても、咎められるどころか金銭的な支援まであって、私は図書塔の王になった」

セザールはチカを見て、懐かしそうに目を細めた。

「はじめは、育児は読書士に任せるつもりでした。ですが、チカはなぜか最初から私に懐いていて、道中はもちろん、塔に着いても私から離れると泣き出すんです。なんて面倒な生き物なんだとうんざりしましたが――しがみついて安心して眠る顔を見ていたら、そのうち、なんともいえない気持ちが芽生えました。一日も自力では生きられないか弱い生命が、私に全部を預けているんです。人間らしい愛情とは無縁で、友人もおらず、唯一親しい仲間だと思っていた王と手に入れたうさぎに裏切られた私を……チカは愛してくれた」

チカの記憶にはない赤ん坊の頃のことだ。それでも、まだ耳も手足も小さい自分が、しっかりセザールの胸にくっついて眠る姿が、目に見える気がした。

「赤子というのはそういうものだろうとも考えましたし、子供が可愛いからといって、両親の罪が帳消しになるわけでもない。私は一度決めたことをやり遂げなかったこともなかったので、復讐は必ず完遂するつもりでした。そのときはまだ具体的な案はなく、ただできるだけ長く強く、王を苦しめるとだけ決めていました。イウリが死んでしまったのだから、彼は二人分の罰を受ける必要があると考えて——チカのことも、可愛がる気はなかった。だから伝えておいたのです。私は実の親ではないと。……でも」

　チカは言葉を切ったセザールをじっと見上げた。見慣れた彼の姿だけれど、浮かぶ表情は今まで見たどんな顔とも違うようで、目が離せない。

「——でも、チカは可愛かった。私がいなければ泣くのは成長しても変わらず、そばにいればおとなしくていい子で、目があうと笑うんです。自分の生い立ちも、私の思惑も知らず、ただ無心に私を慕っていて、清らかで、愛らしかった。はじめは忌々しかったその態度が、いつしか私の心を癒すようになりました。子育てというのは基本手間がかかるものですよね。油断するととんでもない悪戯《いたずら》や無茶をするし、流行り熱にかかったり夜中に具合を悪くしたりして、気が抜けません。子供をさらうなど愚策だったと後悔したこともあるのに、元気でいてくれるとほっとして、日記にもたくさんチカのことを書いて——ある日気がついたんです。私はチカをも憎んでいたはずが、もう憎くない、という事実に。はっきり言ってしまえば、私ははじめからチカが憎くはなかった。ただの道具で、好意がなかったというだけです。それが、愛しい、と思うようになっていることに気づいて、愕然としました」

セザールはふっとチカへと手を伸ばしかけ、思い直したように視線を床に落とした。

「よりによって、憎い二人の血を引くうさぎを大切に思うだなんて、自分が信じられませんでした。王には必ず復讐しなければならないのに、腑抜《ふぬ》けてどうすると己を叱咤《しった》して、明日はチカを突き放そうと決めるのに、朝になればまた、チカを見てうっかり微笑んでしまうのです。このままでは復讐ができないと焦って、それで思いつきました。いっそチカを愛するふりをしようと」

セザールが息を吸い込む音だけが、部屋に響いた。もう誰も、身じろぎもしなかった。

「大切に育てて、チカにはこのまま私を愛させよう、信じきって惚れた子供を、王の前で手ひどく傷つけようと決めました。それが自分に、チカを可愛がる免罪符を与えるためだというのは見ないふりをして、私はチカを慈しみました。どうしても王とイウリの裏切りを許すことだけはできなかった。だが、これは偽りだと考えながらチカを大切に育てる日々は、思っていたよりも苦痛で、想像以上に甘美だった。美しく成長していくチカが願いどおりに私を愛していくのを実感するたびに、いっそ二人で国外に出ようかと考えたこともあります。復讐するのに絶好の機会がやってこなければ、このまま塔で一生を終えるのもいいと、夢見たこともある。――でもエンリケ王子が亡くなってしまって、私は決めなければならなくなった。復讐をやめるか、このまま続けるか。やめる決心はできなくて、チカを抱きました。これは辱めるためだと、言い訳を繰り返しながら」

チカは浅く喘いだ。静かな横顔が寂しく見えて、セザールの名前を呼びたいのに声が出ない。

（セザール様。セザール様――）

　ごめんなさい、と伝えたかった。なにも知らなかった。彼の秘められた葛藤を、あんなにそばにいて、少しも感じ取ろうとしなかった。

「王の前で彼を捨てながら、何度も苦しくてやめたくなりましたが、私はやり遂げました。そうしなければ、復讐のために生きてきた十八年が無駄になると思っていたからです。――でも、帰途についてもチカの顔が頭から離れなかった。あの傷ついた顔。呆然として空っぽになって……胸が痛かった。その痛みも勝利だと思い込もうとしたけれど、ひとりになるとただ虚《むな》しかった。私が傷つけたかったのは王とイウリであって、チカではなかったのに、結局一番絶望したのはチカなのです。たったひとり、私を心から愛してくれたひとなのに」

　長いため息をついて、セザールはチカに向き直った。

「ごめんね、チカ」

「……セザール、様」

「イウリに謝ることや許すことはもうできないけれど、チカにはこうして謝れてよかった。おまえが無茶をして追いかけてこなかったら、伝えられなかったかもしれない。――チカはいつも、私のためを思ってなんでもしてくれるね」

「セザール様。僕は――」

　優しい微笑みがなぜかせつなくて、チカは彼の腕を掴んだ。不安が込み上げ、うまく言葉が出なくて、かぶりを振る。

「僕、セザール様が好きなんです。大好きだから、ただそれだけです」

「うん、ありがとう。私もチカが好きだから、これからは幸せになってほしい。みんなに大切にしてもらうんだよ」

「どうして……？　セザール様、どうしてそんな言い方するんですか？　それじゃまるで、セザール様が一緒にいてくれないみたい」

「もちろん、一緒にはいられないよ。私は罪人だ」

宥めるように顔を近づけ、セザールは瞳を覗き込んでくる。

「チカは大事な王子で、私のような愚か者でなく、父や支えてくれる人たちと生きていかなければ」

「いや……っ、いやです！　絶対にいや」

掠れた声を絞り出して、チカは身体ごと首を振った。セザールの胸元を掴んで、熱く潤んでしまった目でフレデリコを振り返る。

「誰にも、セザール様を裁かせたりしません。王子なら偉いですよね？　セザール様を傷つけたら僕が許さないから……一緒にいられないなら、僕なんか今すぐ死んでやるから！」

「チカ」

叱るようにセザールが呼ぶ。チカは彼のことも睨みつけた。

「セザール様も、ずるいです。好きだって言ってくれてもそばにいられないなら、嫌われたほうがましです！」

「まあまあ、落ち着きなさい、チカ」

　落ち着いた声を挟んだのは、今まで黙っていたオラーヴォだった。セザールとチカの両方に触れて、もじゃもじゃの眉毛を動かして王を見やる。

「チカが思いつめやすいのもセザールに似たんじゃな。二人とも、勝手に決めないでまずは王に聞きなさい。セザールが罪人かどうか、これから二人がどうすべきか」

　でも、と叫ぼうとして、チカはこわごわと王を見た。寂しいような、微笑ましいようなどっちつかずの表情を浮かべた王は、そうだな、と言って顎を撫でる。

「儂としては、セザールに罪を問うつもりはない。個々人の真実はどうあれ、事実としては、セザールは大事な王子を図書塔で育てて教育してくれただけだ」

「――しかし、読書士長たちもいる前で……」

「あれはまあ、痴話喧嘩《ちわげんか》だったとでも説明すればよい」

「痴話…………ではないと、思いますが」

　セザールは耳を赤くして納得しかねるように呟く。チカはきゅっとセザールの服を掴み直した。

「フレデリコ様、本当ですか？　誰もセザール様を怒らない？　僕から取り上げたりしない？」

　遠慮する余裕もなく、ただ必死だった。フレデリコは目を細めて何度も頷いた。

「うむ。チカにとっては一番必要なようだから、セザールにも考え直してもらいたい」

「ですが……」

「償う気があるのなら、そばにいてやってはくれないか。儂のことは生涯許してくれなくてもかまわないが、チカを大切にしてくれるなら、イウリも少しは安心してくれるだろう」

「そうしてくれると俺も助かります。チカ様って、素直に見えて結局、セザール様の言うことしかきかないんですから」

　デオダートが言い、最後にオラーヴァがぽんとセザールの背中を叩いた。

「十八年のあいだでそなたも苦しみを味わったなら、そろそろ陛下たちのことも、自分の間違いも許してやりなさい。一度大きな過ちを犯したあとなら、チカに対してはなにがもっとも正解か、簡単にわかるのではないかね？」

「――」

「チカを今以上に虐げたいと言うなら、わたしもなにも言えんがね」

　迷うように俯いていたセザールは、はっとしたように顔を上げた。

「虐げるだなんて、とんでもない！　チカには幸せになってもらわなければ」

「じゃあ、一緒にいてください。僕の幸福は、セザール様の隣にいることだから」

　チカは寝台を抜け出してセザールに抱きついた。脚はふらついたが、薬を塗られ包帯を巻かれたおかげか痛まない。

「もし引き離されたら、また追いかけます。どこまでも行きます。死んじゃうなら、天国までだって追いかけますから」

「……チカ」

ためらいがちに、セザールが背中を抱き寄せた。

「全部知ったあとでも、まだ私といたいの？　あれだけ傷つけて捨てられても？」

「もちろんです」

どうしてそんなことを聞くんだろう。

「言いましたよね、捧げますって。身体も、命もセザール様のものだから、いらないなんて言わないでください。そばにいられれば僕、本当にそれだけでいいんです。大好きだから――愛してるから、何回傷つけられても捨てられてもいいけど、そのためにも一緒にいないとだめですよね？」

「……ああ、チカ」

震える息をついて、セザールが何度も頭を撫でてきた。

「教え方を間違えてしまったね。そういうときは、違う言い方をしないと」

「違う言い方？」

「捨てられてもいい、じゃなくて、愛してください、と言うんだよ。一番ほしいものを、正直に伝えないと……私しか、わかってやれないじゃないか」

ぎゅっと強く抱きしめられて、チカは黙って目を閉じた。セザール様にだけ伝わればば十分だ、と思うけれど、それはもう口に出さなくてもいいのはわかっていた。

　かすかに震えたセザールの身体は熱い。涼やかな彼の匂いに混じって漂うのは自分の花の香りだ。誤解しようのない、身体ごと想うチカの心が、セザールに絡みついて離れない。

　深くその匂いを吸い込んで、セザールは耳に口づけてくれた。

「……愛してるよ、チカ」

　じぃん、と全身が痺れた。何度もされたはずの告白が、初めて聞いたように甘くチカを満たしていく。彼と見つめあい、どちらからともなく微笑むと、フレデリコが耐えかねたように啜り上げた。

　振り返れば、王は涙ぐんでいる。

「よかったなあ、チカ。儂も心から嬉しいよ」

「──フレデリコ様」

　優しい人なのだ、と改めて感じた。彼でなければセザールを許してくれることもなかっただろう、と思えて、チカはセザールの身体に手を添えたまま、口をひらいた。

「陛下。……あの、いろいろごめんなさい」

「どうして謝る？」

「だって僕、迷惑をおかけしましたし、何回か陛下にひどいことを言ったと思いますし……態度だって、よくなかったですよね。いっぱいよくしていただいてるのに」

「父なのだから、チカのためになんでもするのは当然だよ。儂のほうこそ、長年顔も見せなくてすまなかったね」

涙の滲んだ目尻を拭って、フレデリコが愛しげに微笑む。

「もしもチカが許してくれるなら、これからは儂を父と呼んではくれないか？」

きゅっと胸がつまった。

セザールが苦痛を味わい続けた十八年は、フレデリコにとっては寂しさを噛みしめる時間だったのだろう。孤独だって、憎しみと同じくらい苦しいに違いない。

チカはセザールを見つめ、彼がじっと黙ってチカに答えを選ばせる気配を感じ取ると、しっかり頷いた。

「……はい、お父様」

◆◆◆

「これは憎しみだ。どんな手段を用いても、受けた苦しみは返さねばならぬ。この世でもっとも強い思念は憎しみだと、書物にも書かれているとおり——私に残されているのは憎しみだけなのだから」

何度そう言い聞かせても、チカを見るたびに胸が焦げ、思考が霧散するような甘ったるい感情が消せなかった事実を、私はもっと早くに直視すべきだった。

花の匂いをさせるチカが無垢に抱きつき、見上げてくると、すぐにでも組み敷いて唇を奪い、なにも考えられなくなるまで溺れたいと願ってしまった、あの衝動。愛させることが復讐だと己を欺き、慈しまずにはいられなかった庇護欲。

いつだって、私はチカが愛しかった。誇りも自尊心も砕け散るほど、チカがほしかった。愚かにも求めてやまないその心をなんと呼ぶのか、私は今や経験として知っている。書物では――否、人は、それを「恋」と称するのだ。

◆◆◆

おやすみ、と額にキスして囁かれ、チカはむっと膨れた。

「寝ちゃうんですか？」

「……あのねチカ。興奮して忘れているかもしれないが、おまえはあちこち怪我をしてるんだよ。痛まないのは薬のおかげであって、治ったわけじゃない。身体に負担をかけるようなことをしてはだめだ」

「じゃあ、ご奉仕だけ。僕がセザール様のをしゃぶっ」

「こら」

大きな手がチカの口を塞ぐ。もう一方の手で耳を撫でつけ、セザールはため息をついた。

「下品な言葉遣いはやめなさい。チカは王子様でもあるんだから」

「んー……」

「不満そうな顔をしないで。私だって、チカのことは慈しみたいと思っているよ。でも、さらわれたのはつい昨晩で、チカはその前に脚をぼろぼろにしてしまったし、その前も、ろくに食事ができていなかったと、陛下が言っていたじゃないか」

「夕食はいっぱい食べました」

　やっとどけられた手に、チカは頬をすり寄せた。気が急《せ》いていると、自分でもわかっている。でもとめられないのだ。

「どうしても今夜、セザール様と結ばれたいって思うのはおかしいですか？」

「――慣らし汁を用意してないんだ。チカをこれ以上傷つけることはしたくない。脚の傷がよくなったら、ちゃんと抱いてあげるから」

「なんにもなくてもいいです。ちょっとくらい痛くても平気。それか、やっぱり僕がご奉仕すれば、よだれでちょっとは濡らせますよね？」

「チカ……」

　低く這うような声を出して、セザールがチカの首筋に顔を埋めてくる。

「頼むよ。煽るようなことは言わないでくれ。おまえときたら、夕方からずっといい匂いをさせて……私がどれだけ自制してると思っているんだ」

「オラーヴォ先生もフレデリコ様――お父様も苦笑してましたよね」

花の香りは出そうと思って匂わせているわけではない。決して狭くはない食事室いっぱいに自分の匂いが充満していると気づいても、嬉しくて、幸せで、どうにもできなかったのだ。

「デオダートはなんでか赤くなってましたけど」

嗅ぐのは初めてではないはずなのに変だと感じたことを思い出して口に出すと、セザールがぴくりとした。身体に力がこもり、チカの腰に手が回る。

「デオダートは、要注意人物として気をつけておかなければならないな」

「？　どうして？　ちょっと怖いところもありますけど、最近すごく優しいですよ？」

「優しいならなおのこと、注意が必要だよ」

苦々しげに呟き、それからセザールは呻くように言った。

「これがチカの策略なら脱帽だよ。おまえがそういう子でないのはわかっているけれどね」

「策略？」

今日のセザールはわけのわからないことばかり言う。首をかしげると、セザールはチカの顔を見つめて微笑した。

「気にしなくていい。チカの可愛さを、改めて思い知っているだけだ」

「――可愛いって思ってくださるのに、抱いてはくれないんですか？」

丸め込んで寝かしつける気だろうかと寂しく思いながら見つめ返すと、丁寧に髪を撫でられる。

「抱くよ。抱かねばいけない気になった」

「……じゃあ、」

「でも約束して。どこかが痛くなったら必ず正直に言うこと。嘘は決してついてはいけないよ。いいね？」

「はい」

嬉しくて、チカはきゅっとしがみついた。頭をぐりぐり押しつけてから、待ちきれなくて自分から寝巻に手をかける。すぽっと頭から抜くと、セザールが苦笑した。

「脱がせてあげようと思っていたのにな」

「……自分で脱いだらだめでした？」

「いや。チカが嬉しそうな顔をして脱ぐから、これも悪くない」

セザールは唇を寄せ、短くチカに口づけた。薄い青の目をじわりと濃くし、低い声で囁く。

「でも、下着は私に任せて。――やっと、おまえを本当に抱けるんだ」

いつになく色気があり、本気だと伝わってくるような熱っぽさが込められた声に、背筋がぞくりとした。セザールは二度、三度とチカの下唇を啄《ついば》む。

「今までは、本気で愛してはいけないと堪《こら》えながらしかチカを可愛がれなかったからね。今日は心のままに触れていいんだと思うと……苦しいくらいだ」

囁きながら吸いつかれると、湿った唇の厚みやぬるい温度が染みるように新鮮に感じられる。まるで初めてキスしたみたいだ、とチカは思い、どきどきしてセザールを見上げた。

「僕も、苦しいです……キスが、嬉しくて」

「これからはたくさんするよ」

目を細め、セザールは言葉どおり、何度も唇を重ねた。内側の粘膜を触れあわせ、息ごと吸い、舌を伸ばして歯や上顎に触れてくる。唾液が絡みあってかすかな音をたて、チカはうっとりとセザールの首筋に腕を回した。キスだけで、もうおなかや下半身が熱くなっている。

「っふ……ぁ、セザール、さま……っ、好き」

自分からもセザールの唇に吸いつくと、彼は額をくっつけて淡く微笑んだ。

「身体をくねらせたりして、もう我慢できない？」

「はい……っ、だって、……ぁ、」

大きな手が喉から鎖骨へと撫でていき、肌が歓喜でさわめく。チカは鼻先をセザールの鼻に押しつけた。

「だって、すごく嬉しいんです。セザール様のこと好きって思うと、幸せでおかしくなっちゃう」

これまではセザールと身体を重ねるとき、いつも一抹の不安があった。それが、今日はないのだ。

「こんなに幸せだって思ったことないくらいです。……変、でしょうか」

はにかみながら見つめると、セザールが短くキスしてくれた。

「変じゃないよ。チカがとても優しい証拠だ」

「優しい？」

「私が浮かれているのを感じ取っているんだと思うよ。――目が、とろけそうだ」

目尻にも口づけ、セザールは身体を起こす。やめてしまうのかとどきっとしたのもつかのま、彼が寝巻を脱ぎ捨てる姿に、たまらなく胸が高鳴った。幼い頃にはお風呂に一緒に入ったこともあるけれど、もう何年も、チカはセザールの裸を見ていない。露わになったのは暗がりでもはっきりとわかる白い肌と、優美な体軀だった。広い肩から腰にかけて引き締まり、無駄がなくしなやかで美しい。下半身には目を向ける勇気がなく、チカは赤くなった。

完成された大人の雄としての肉体を持つ彼の前では、自分が小さくて貧相に思える。見下ろされると恥ずかしく、耳を咥えて胸や股間を隠しかけて、チカは思い出して視線を上げた。

「そうだ、首飾り……ごめんなさい。切れてしまって、たぶん直してもらってると思うんですけど」

「あれはもういいよ。チカが好きならつけていてもかまわないが――戒めるためのものだったから」

おおいかぶさってきたセザールは体重をかけないよう腕で支えながら、チカの首筋に口づけた。太腿には熱い昂りが押しつけられて、びくん、と身体が跳ねてしまう。

「戒め、って、どうして……?」

少しずつ位置をずらして繰り返される口づけに息を乱し、チカはそうっとセザールの髪に触れた。抱きしめるように頭を抱え、はしたなく思われないだろうかと案じながら膝をひらく。

「あの首飾りはイウリが私に渡したものだ。捨てなかったのはもちろん、復讐のために憎しみの感情を弱らせないためだった。真ん中の宝石はあとから、彼女やチカの瞳と同じ色のものを探してつけ加えたけれど、見れば憎しみを忘れずにすむと思って、チカにつけてもらったんだよ。我を忘れて、おまえを愛してしまわないように」

「……そうだったんですね」

　では、セザールはあの首飾りを見るたびに苦痛だったのだ。ずきりと胸が痛んだけれど、セザールは穏やかな眼差しでチカの眉間に触れた。

「チカが悲しい顔をすることはないよ。あれは陛下に差し上げようと思っている。彼にとってはせつなくとも、数少ないイウリの思い出の品だ」

「お父様、喜ぶと思います。……優しい方ですよね、陛下」

　落ち着いたセザールの声に憎しみの陰はなく、チカもほっとして見つめ返す。セザールはやんわりと笑った。

「誰にでもわけへだてがないのがチカの美徳のひとつだけれど、寝台ではほかの男の名前は口にしないよう、これからは気をつけてもらわないといけないね」

「え？」

「デオダートと陛下の名前を呼んだだろう」

「呼んだわけじゃ……、んッ」

　フレデリコの話題はセザールが持ち出したのに、乳首を指先で探り当てられ、チカは甘く息をつめた。小さな粒をつままれるとうなじから背中の中ほどまでがじわっと熱を帯び、肌が赤く染まっていく。力を入れずに乳首を弄《もてあそ》びながら、セザールはチカの耳に唇を当てた。

「こうして二人きりでいるときは、私のことだけを考えて」

「……っ、僕はいつも、セザール様のことばっかり、考えて……っ」

　ぐっと下半身が押しつけられて目眩が生まれる。はあっと吐息が漏れ、セザールの首筋にすがりつき直した。待っていたように再び口を塞がれ、性急に舌が差し込まれる。上顎の奥まで舐められて、閉じたまぶたの裏がぼうっと燃えた。

「……ッん、ふ、ぅっ……、は、ぁ、……ん、ふ、……ッ」

　ちゅくちゅくと口内をかき回してくる舌に、拙いながらも応えようとすると、つまんだ乳首を捏ねられ、ひくんと腰が浮く。胸が腫れたみたいに熱っぽくて、快感は鈍痛のように身体の芯に響いた。尻尾の付け根からうなじまで、えも言われぬ感覚が這い上がっていく。

「んぅっ、は……あッ、あっ、出、ちゃうっ、セザールさま、ぁっ」

「もう？　キスして、少し胸を可愛がっただけだよ。先蜜がたくさんほしいから、我慢できる？」

　つまみ出した乳首を親指でこすりながら、セザールがあやす声音で囁いた。

「とろとろの先蜜でチカの孔を潤すからね。それとも、孔を私に舐めてほしい？」

　かあっと意識まで熱くなった気がして、チカはかぶりを振った。

「あれは……っ、恥ずかしい、です……」

「でも気持ちよかっただろう。舐めてあげたら入れてほしいっておねだりしてくれた。——あれはたまらなかったな」

　セザールは胸から手を離し、かわりに顔を近づけながら、ゆっくりとチカの性器を握り込んだ。

「――ッ、ぁ、……あ、ああっ」

「一度きりじゃなくて、二回でも三回でも抱きたくなるくらい可愛かった。……チカ、どこも痛くない？」

　短く吸われた乳首がじんじんした。先端には触れず、幹だけを緩慢にこすられるのがもどかしい。チカは震えながら曖昧に首を動かした。

「いた、くない……です、……は、ぁ、……ぅ、んッ」

「気持ちよくしてあげたいから、好きなことも、どんなふうに感じるかも正直に教えて。いやならちゃんと、いやだって言うんだよ」

「んっ、言います……っ、言う、か、ら、……ぁ、あっ」

　根元の嚢の際《きわ》からくびれに向けて、表皮を動かすようにしごかれると、ぴゅるりと蜜が出てしまう。セザールはくびれを締めつけると、舌先で乳首を転がした。

「は、……んっ、ぁ、い、いた、ぁ、ああっ」

　舐め転がされる刺激は快感が強すぎて痛かった。濡らされた乳首がすうすうして、ぼってり重たく感じる。

「っちくび、と、取れちゃう、……っぁ、あ……っ」

「優しく吸ってるだけだよ。——痛いくらい感じてくれるね、チカは。可愛い分身もほら、もうこんなにべたべただ」

一定の速度でこすられる性器はいつのまにか濡れきって、セザールの手の動きにあわせてちゅこちゅこと音をさせている。もうだめ、とチカはかぶりを振った。

「も、でちゃう……っ、い、いきま、す……ッ」

「いいよ。私の手に出して」

愛おしげに乳首を吸いながら、セザールがちらりと視線を上げた。薄青の瞳は甘くも激しく煌めいていて、チカはどきりと胸を打たれた。同時に、弾ける感覚が腰を襲う。

「——ッ、あ、……ッ、く、ぅ……っ」

勢いよく性器の真ん中を快感が駆け抜けた。溢れた精液はしっかりと先端を覆ったセザールの手のひらに受けとめられ、鈴口をそこにこすりつけるようにして、チカは尾を引く絶頂を味わった。

「……っふ、……は、……ん、ん……っ」

「たくさん出せたね。孔に塗ってあげるから、足を上げて」

どうにか言われたとおりに足を上げ、セザールに掴んでもらいながら、ぼうっと彼を見つめる。射精しきったはずなのに、分身は痺れたようだし、背骨の一番下から上まで、じんじんと快感が響いておさまらない。胸はいっぱいで、息がうまく吸い込めなかった。

見下ろす瞳。どんなに周りが暗くても、彼の熱情を帯びた目に自分が映っているのがわかる。蜜がしたたるように甘やかで、チカを捉えて離さない眼差しだ。

「セ、ザール、さま」

どろりとした体液をまとった指で窄まりに触れたセザールが、呼ばれて手をとめる。

「──チカ。どうしたの、泣きそうだ。痛い？　苦しい？」

気遣うように眉がひそめられて、チカは頭の両脇で枕を握った。膝を肩のほうへと引きつけ、重い腰を、秘部がよく見えるように上げる。

「セザールさまが、僕のこと好きで、嬉しいんです」

「チカ……」

「目を見たら……こんなにほしがってもらえてるんだって……、嬉しく、て」

ほろほろ涙をこぼしながら、チカは微笑んだ。

「はやく、つながってください。セザール様のこと、ぎゅうってしたい」

「──だめだよ。きちんと慣らさないと」

「わかってます。だから、はやく、……ん、ぅっ」

ぬるりと指が入り込み、チカは息を呑みかけて力を抜いた。もどかしい。本当はすぐにでもセザールの性器がほしいのに、準備してもらわなければひとつになれないなんて面倒だ。

願いに反してきゅんと締まってしまう内襞を、セザールの指が辛抱強く撫でてほぐしてくれる。まとわりつく粘液と内側から揉まれる快感に顎を上げ、チカは呟いた。

「僕が神様なら、愛しあう人同士はすぐに、抱きあえるように作る、のに」

「きっとこれが必要なんだよ」

セザールはごく慎重に指を抜き、今度は二本入れてくる。

「チカは男の子だからたしかに濡れないけれど、女性だからすぐに挿入していいわけではない。時間をかけてもいいと思える相手とつながるようにしておけば、そのあいだに本当に愛しあう相手か確認できる」

「だって、こんなに好きなのに、……っは、ぁ、……ふッう」

びりびりと感じる場所をセザールが押し上げて、チカは浮いた足を揺らした。遅れてぞくぞくとした震えが肌を伝い、指を呑み込んだ窄まりが収縮した。硬いセザールの指が、襞に当たって痒いように気持ちいい。腹をひくつかせてため息をつくと、セザールは入れた指を左右にひらいた。

「それに、私は好きだよ」

「ッ、ぁ、ああッ、……っ、ぁ、あ……ッ」

閉じたり、ひらいたりを繰り返し、セザールは震える腹を撫でてくる。

「こうして慣らすと、チカの身体がどんどんゆるんで、私を求めてひらいていくから」

「ん――っ、ぁ、それ、また、ぁ、……あっ、い、いく、いっちゃ、……ッ」

体内の、どうしようもない快楽が生じる場所に指をあてがわれながら、窄まりを広げられると気が遠くなる。身体の芯が竦むような心地がして、絶頂の予感にチカは背をしならせた。

「……っ、ぁ、……ッ、ん、ん……ッ！」

ビィン、と駆け抜けたのはたしかに極めた感覚だったが、腰にあわせて揺れた性器からは、とろりと先蜜が糸を引いただけだった。激しい快楽のあとには達する前に似たじんわりした疼きが残り、びくびくと身体がくねる。

「お尻だけで達けたみたいだね。チカは本当に物覚えがいい」

指を抜き、セザールは感嘆したようにため息をついた。

「孔を広げたから、私のものを受け入れたみたいに感じてくれたんだろう。もう十分にやわらかい」

言いながら、彼は己に手を添えて、すでにそそり立ったそれをゆるくしごいた。

「潤いは少し足りないかもしれないから、なるべくすぐに中に出すよ。それからゆっくり、チカを気持ちよくしてあげる。――見える？　私のものも、もうこんなだ」

チカはごくんと喉を鳴らした。奉仕したこともあるセザールの分身は、記憶よりも凶暴そうに見えた。ゆるく反り返るほどみなぎって、筋が浮いている。それを、セザールはチカの股間に添えた。

「少し手伝って。チカにこれ以上痛い思いはさせたくないから」

「……どう、すればいいですか……？」

硬くて熱い感触に、嚢や蟻の門渡りが溶けそうだった。ふにゃふにゃと口元がゆるんで、チカは何度もまばたいてセザールを見つめた。彼は枕を掴んでいたチカの手を握る。

「なにもしなくていいから、私を見て」

指のあいだに指をもぐり込ませ、手のひらをあわせてしっかり組みあわせ、セザールは腰を振った。ぬるり、と性器と性器がこすれあう。

「——ッ、ぁ、……は、……っ」

「ああ、いい子だね。動いてしまうなら、お尻は好きに振ってかまわないよ」

「んっ……は、ぁ、……ふ、あぁ……ッ」

弾んだ性器がわずかに離れてはまたぶつかる。チカの浅い割れ目からはぷしゅりと汁が漏れ、視界にはちかちかと星が舞った。

「ぁ……っ、は、あっ、あ、……ん、ぁ、あっ」

「出てるのは潮かな。我慢しないで、いっぱいこぼしていいからね」

あたたかい体液が何度も下腹にふりかかる。チカは閉じてしまいそうなまぶたを必死に押し上げた。見て、と言われたから、ずっと見ていたい。つないでもらった手を握り返し、揺れる銀の髪や、普段より上気した秀麗な顔を見つめる。

「セザールさま……っ、ぁ、……っ、く、ん、ぅっ」

「射精もしていいよ。チカの達く顔は何度でも見たい」

「あ、ぅ、……でもっ、セザール、さま、……が、あ、……んッ」

「私もすぐだ。——チカのおかげでペニスがぐしょぐしょになったから、もう入れようか」

微笑んで、セザールはつないでいた手をほどく。太腿をしっかり掴まれ、窄まりを切っ先で塞がれると、チカは芯から力が抜けていくのを感じた。

貫いてもらえる。受け入れられる。ひとつに、なれる。

抱いてもらうのは初めてではなく、毎回とても幸せだと思っていたけれど、本当に愛しあう人と結ばれるのは、こんなにも違うのだ。

「……っは、……ふ、ぁ、……っ」

「っ、チカ――、呑み込むのがこんなに上手になって」

ぬかるみに沈むように、熱い肉塊が埋まってくる。わずかに顔をしかめて掠れた声を出し、セザールはチカの尻を摑み直した。直後にずん、と突き入れられて、きゅうっと腹が持ち上がる。

「～～～ッ、ぁ、……ッン、……ぁ、ああ……っ」

穿たれる衝撃が脳にまで響き、びんびんと神経が痺れた。目はひらいたまま視界が暗くなり、チカはたらたらと潮をこぼしながら達った。不規則に痙攣する細い身体を、セザールは愛しげに見下ろす。

「私に抱かれるのを好きになってくれてありがとう。チカが達く姿は、世界で一番尊いね」

じっくりと味わわせるかのように、セザールの砲身は窄まり近くまで抜けては、わずかだけ深くへと入ってくる。

「ふ……ぁ、……っ、――ん、……ァ……ッ」

「とろけた表情も、口を閉じられないのも、目の焦点があわないのも、突くたび潮を吹くのも、花の匂いも――どんなに美しいか、言葉では表せない」

うっとりとそう言いながら、セザールは少しずつ動きを速める。奥までは突き上げず、半端な位置で抜き差しをされ、それでも追い上げられてチカは再び喉を反らせた。

「っぁ、ま、た、ぁ、……い、いき、ま……ぁ、……ッ、——！」

びくんとつま先を跳ね上げるのと同時、肉筒の中でセザールのものも脈打ったように感じられた。染みてくる熱に、うなじや耳がちりちりと震える。

「——出したよ、チカ。これで痛くなく、おまえの奥まで愛してあげられる」

ため息をついてセザールが唇を舐めた。目を細めて見下ろす視線が、チカの顔を撫でる。

「可愛い私のチカ」

「セ、ザールさ、ま」

無意識のうちに、チカは手を伸ばした。首筋を引き寄せ、苦しい体勢で唇を重ねる。貪るように口づけながら、セザールは摑んだチカの尻を引きつけるようにして、深く切っ先を打ち込んだ。

「ん、ん————ッ、ぅ、ぁ、あ……、ん、む……ッ」

狭い奥へとねじ込まれる感触に、背筋がぞくぞくする。硬い亀頭を受けとめた奥の壁が破れそうだ。こんなに深く串刺しにされたら、もう抜けないか、お尻の孔が閉じなくなってしまう気がする。でも、その恐れと紙一重の感覚が、たまらなく喜びだった。

「……っは、んっ、セザール、さま、あ、……ああっ、あっ、好、きっ」

がくがく揺すぶられる身体のあちこちで、火花が弾けるようだった。尻に食い込んだ指の力強さにうっとりする。好き、とうわごとのように繰り返すと、セザールは尻尾に触れてきた。

「私も愛しているよ。さあ、もうなにも考えなくていいから、乱れて」

「ッァ、あ、あっ、そこ、あ、……っひ、あ、ああ、あッ」

くにゅくにゅと尻尾の付け根を揉まれると、全身がじんと痺れた。あちこち毛が逆立つようで、肌がひりつくのに、身体の奥からねっとりと甘い重たさがわいてくる。

「は……っあ、ぅ、……あ、あ……っ」

意識がふらつき、ただ本能に従って腰が上下する。ぴたぴたと嚢がはりつき、腹の中は沸いたみたいに熱かった。

「お潮が出てるよ、チカ。気持ちがいいね？」

尻尾を揉み、ずんずんと奥壁を突きながら、セザールが微笑みかけた。

「前からこの愛らしい尻尾をいじってあげたいと思っていたんだ。絶対に気持ちよくなってもらえるとわかっていたからね」

「ぅ……っぁ、……あ、……き、もち、……で、す……っ」

「うん、わかるよ。顔がこんなにゆるんでいるものね。いっぱい感じて」

「……ッ、ん、……ッァ、あ……ッ！」

くりくり、と尻尾と窄まりのあいだを捏ね、力を込めて奥を押し上げられれば、身体は自分のものではないようにしなってくねる。頭が真っ白になってチカは達し、脱力したところをまた穿たれて啜り泣いた。

「っ、ひ、……ぁ、……っや、また、……っ、ん、あ、ア、……ッ！」

「もっと見せて」

動きをとめてチカに息をつかせ、セザールは低く囁いた。

「私にだけ、もっと乱れて。強欲なことばかりでおまえには悪いと思うけれど、愛おしくて……どうしようもないんだ」

「……っぁ、あ……っ、ふ、……は、……ぁ、……――ッ」

「チカ。――チカ。もう誰にも、おまえを渡さない」

荒い息の混じる声は半ば独白のようだった。チカは快感とせつなさで胸をつまらせ、力の入らない指でセザールのうなじを引き寄せた。銀の髪が絡まる。狂おしいほどの目つきで見下ろすセザールの唇に口づけ、チカは笑みを浮かべた。

「ぼくは、どこにも行かない、から……離さない、で」

「――離さないよ。決して」

唸るように告げて、セザールが体重をかけてくる。背骨が軋んだが、痛みは感じ取れず、ただ互いに飢えたようにキスを交わす。中を穿たれると唇が離れてしまうのが焦《じ》れったかったけれど、セザールが強く腰を使いはじめると、その焦燥も吹き飛んだ。

結合した孔と性器がじゅくじゅく音を響かせる。チカの腹や股間は体液まみれで、ぬるぬるとすべ

る。穿たれ続ける内部はもう麻痺したようで、感じるのが熱なのか快感なのかもわからない。思考は消え去って、きれぎれに漏れる自分の声も遠く聞こえた。

「……っチカ、」

　セザールが呻く。陶然とした息遣いに、チカもとろんとほどけて目を閉じた。身体がどこまでも溶けて浮遊していくようで、死んでもいい、とぼんやり感じる。こんなに気持ちがよくて天にものぼる心地なら、全部終わりでもかまわない。

（セザール様。――大好き）

　声もなく身体を反らし、快感の極みへと落ちていきながら、チカは注がれる精のぬくもりを幸せな心地で受けとめた。


　久しぶりの図書塔が森を縫う道の先に見えてきて、チカは目を丸くした。

　門の両脇には、エンリケ王子を悼む半旗と、新しくチカのために用意された旗とが掲げられていた。

　やわらかな黄色に書物と三日月の図案が決められたのは、つい先日のことだ。王都から離れた図書塔にもう旗が上げられているとは思わなかった。

　驚いているうちに鉄の門が開き、中に揃った読書士たちが見える。手には花籠が握られていて、チカを前に乗せたセザールが馬を進めると、花びらがいっせいに撒かれた。

「チカ様、万歳！」

「お帰りなさい、チカ様！」

口々にチカを称《たた》えて出迎えてくれる読書士たちの顔は明るい。チカは戸惑ってセザールを見上げた。

「……びっくりしました。こんなに歓迎してもらえるなんて」

「当然だよ。ここの皆はチカがどんなにいい子かよく知っているのだから、王子になったと聞けば国の未来も安泰だと思えるし、自分たちが育てたようなものだと思えば誇らしいだろう？」

まあ育てたのは私だが、と小声でつけ加えて、セザールはチカの耳を撫でてくれた。

「心配いらないと私が言ったの、これで納得できた？」

「——はい」

エンリケ王子は立派な人だったようなので、それに比べたら急に存在が明らかになったチカは、歓迎されない気がしていた。王宮では思ったよりも皆が好意的だったのは、ようやくセザールが大読書士長になり、かつチカの婚約者になるということで、安心してもらえたからだ。つまり、セザールがそれだけ優秀な人間だということだった。

まだまだ現役のフレデリコ王が引き続き国政をおこない、チカはこれから本格的に、王子として、さまざまな教育を受けることになっていた。落ち着いて学ぶには慣れた図書塔のほうがいいだろうと王が言ってくれ、こうして戻ってきたのだった。後日、オラーヴァ先生や同じ年頃の読書士、うさぎたちが図書塔に来てくれることになっている。

　やっぱりセザール様はすごい、と思えば誇らしいし、新しい生活も思っていたよりずっと楽しい。受け入れてもらえたのはほっとしたけれど、チカは複雑な気持ちで半旗を振り返り、斜め後ろのデオダートを見た。

「エンリケ様を慕っていた人が王宮にはたくさんいたのに、こっちに来たら知らない人のほうが多いんですよね。優しくて、きっと素敵な人だったのに」

「知らないなんて寂しい？」

　くすりとセザールは笑って馬をとめた。先に降り、チカが降りるのを手伝ってくれてから、やわらかい眼差しで見つめてくる。

「うさぎは一般に寂しいのが苦手だと言うが、チカはとくに寂しがり屋だね。――エンリケ王子が忘れ去られてしまうのが寂しいなら、チカが書いて書物にすればいい。そうすれば、私たちが死んだずっとあとになっても、心優しい王子がいたことを誰かが読んで知ってくれるよ」

「書くって、書記士みたいに？」

「ああ、そうだ」

　微笑みかけられて、チカはぱあっと明るい気持ちになった。自分で書くなんて、考えたこともなかった。でも、楽しそうだ。書物を開けたときのあの心踊るときめきを、誰かのために残せたら。文字のひとつひとつに、特別な思いを閉じ込められたら。

読んだ人も、またたく星のようなメッセージを感じてくれるだろうか。

「チカ様に書いてもらえるなら、エンリケ様も喜んでくださいます。――俺も嬉しいです」

デオダートもそう言ってくれ、チカは頷いた。

「そうですね。いつか、誰かが読んでくれることを願って、書いてみます」

「あとで紙とインクをたくさん用意してあげよう」

セザールがかがんで腰の下に手を回した。抱き上げられて肩に摑まると、セザールはチカの顔に眩しげに目を細める。

「ちなみに、チカのことは私が書きしるしておくから安心して。昔から、余さずいろんなことを記録してあるからね」

「小さい頃のことも？」

「もちろん。おねしょしたこととか、嵐が怖くて泣いたこととか」

「っ、そ、そういうのは、残しておかなくてもいいと思います」

かあっと赤くなると、セザールは楽しそうに笑い声をたてて、短くキスをした。

「大事なことは書いても誰にも見せないよ。だってチカは私のものだもの。チカの一番可愛いところは、私だけの秘密だ」

「……セザール様ってば」

それはそれで恥ずかしかったけれど、セザールが幸せそうにしているのを見ると、べつにいいか、とも思えてくる。デオダートやフレデリコ王に知られるのはいやでも、ずうっと未来の人になら、恥ずかしい部分も、読んでもらえるのは悪くない。

　熱のこもった歓迎の眼差しや声をあびながら入り口をくぐり、慣れ親しんだ図書塔の中へと入ると、仄《ほの》暗い中に見える奥の壁一面の書物と、紙とインク、土と黴の匂いが迎えてくれた。ほっと息をついて、チカはそうっとセザールの首に抱きついた。

「僕、セザール様のことも書きますね。大好きです、って」

　この思いはとても書ききれる気がしないけれど、一番伝わってほしいセザールには余さず想いが届くことを願って、チカは彼と唇を重ねた。

大読書士長の秘密の日記

五の月　三日

昨晩もチカを抱いた。

初めてチカをうつ伏せにし、後ろから貫いたのだが、愛らしい顔が見えず抱きしめあえないという欠点はあれど、実に素晴らしい体験だった。

うなじからなめらかな曲線を描く背中が、官能で桃色に染まっているのがよく見えるのだ。きゅっと持ち上がった尻ではふわふわの尻尾が震えていて、素晴らしい眺めだった。小さな孔《あな》で健気《けなげ》に私のものを呑《の》み込んでいるのを見ると、それだけで果ててしまいそうなほどの喜びだ。チカが私を愛している、と実感できるから。

手のひらで尻の丸みを揉《も》み、尻尾をくすぐりながら突いてやれば、内部は熱くとろけていて、すっかりゆるんでいるのが心地よく感じられる。立ちのぼる花の香りは蜜のように甘く濃く、この匂いだけは他人に嗅がせたくないと強く思う。好意を抱いて撒《ま》き散らす、清廉な香りはまだいい。だがこの、艶《なまめ》かしい色気をまとった性行為中の匂いは、二度と誰にも知られたくない。

そう思う一方で、ときどき見せびらかしたいとも思う私はおかしいだろうか。

せつなく喘《あえ》ぐ声や、奥壁を突いたときにこぼしてしまう潮の量、ひくひく波打つ身体《からだ》の動きで、世界中の人間を感嘆させたい。

これが私のチカだ。美しくひたむきで、なにより愛《いと》しいうさぎ。

私の、たったひとつの宝物だ。


そこまで読んで、チカは真っ赤になった顔を上げた。

（読まなければよかった……）

セザールを探して部屋を覗《のぞ》いたら、珍しくテーブルの上に書物が出しっぱなしになっていて、ついひらいてしまったのだが、まさかセザールが書いているものだとは。

日付が入っているからたぶん日記なのだろうが、内容はほとんどチカのことしか書かれていない。日々の勉強や生活のことだけでなく、夜の営みまで詳細に書いてあり、書物を閉じても動悸《どうき》がおさまらなかった。

恥ずかしい、と頬《ほお》を押さえて身悶《みもだ》えし、チカは閉じたばかりの書物を盗み見た。

あんな淫靡《いんび》な内容は二度も読める気がしないし、セザールの個人的な日記を勝手に読むのはいけないことだ。でも。

（――僕のこと、可愛《かわい》いって。美しい、愛しいって……あんなにたくさん、書いてくださったんだ）

愛されているのが伝わってくるのは嬉《うれ》しかった。それに、身体をつなげる行為で、セザールも喜びを感じてくれているのもいい。いつもセザールが一度達するまでに、チカばかりが何度も達《い》かされてしまうので、不公平じゃないかな、と不安だったのだ。

恥ずかしいけど、でももうちょっとだけ見たいな……と手を伸ばしかけたとき、急にドアが開いた。ぎくりと手を引っ込めると、セザールが入ってくる。

「おや、チカ、ここにいたのか。見当たらないから探したよ。そろそろお茶の時間だろう？　オラーヴォ先生が庭で飲もうと誘ってくれたからおいで」

抱きしめようと近づいてきたセザールが、テーブルの上の日記に気づいた。はっとしたようにチカの顔と見比べ、眉根を寄せる。

「チカ、顔が赤いね？　――もしかして読んだ？」

「……ご、ごめんなさい。僕、なんの書物かなって、うっかりひらいてしまって……でも、ちょっとしか見てません」

ぶんぶん首を振って上目遣いに見上げると、セザールはしばらく黙ったあと、ふう、と息をついた。

「これは秘密の日記のほうだから、誰にも見せる予定はなかったんだが……」

言いながら座ったチカの前で膝をつき、ずいっと顔を近づけてくる。

「どうだった？」

「……どうだった？」

勝手に見てはいけないよと怒られるとばかり思っていたチカは、戸惑って首をかしげた。セザールはなぜか真剣な表情で、チカの膝に手を置く。

「読んだ感想だよ。毎日苦心しているんだ。チカの美しさや愛らしさ、可愛いところを存分に表現しなければならないからね。いっときは比喩表現に凝ってみたのだが、かえって伝わりづらい気がして、最近は率直簡潔ながらも情感のこもった単語選びを心がけている。――チカが読んでみて、自分のことだなと納得できた？」

「………いえあの、納得というか……むしろあんまり僕っぽくない気がしましたけど」

　チカが思うに、自分には色気はあんまりない。勉強には一応自信があるのだが、オラーヴァ先生にもときどき「チカは世間知らずだから」と笑われてしまう。彼によるとそれは決して悪い意味ではないそうだけれど、要はまだ子供だということだろうから、チカとしては早く大人っぽくなりたかった。

　それが、セザールの文章では妖艶な美人みたいな書かれ方だから、褒めすぎじゃないか、と思う。だが、セザールの顔が残念そうに曇ったので、慌てて言い直した。

「あっ、でも、文章はとっても素敵だったと思います！」

「やはりチカの魅力を表すにはまだ研鑽《けんさん》が必要だな」

　難しい顔をして、セザールはチカの頬に触れた。

「この頬の赤みややわらかさだって、誰もが触れたように感じられる書き方をすべきなのに、いまだに成し遂げられた気がしないんだ」

「そんな……セザール様は書くのお上手ですよ。それに、この日記は秘密のだってさっき言ったじゃないですか」

　真面目《まじめ》なのに甘い眼差《まなざ》しに照れて、チカはかるく唇を尖《とが》らせた。セザールは誘われたようにそこを啄《ついば》む。

「秘密の日記でも、読ませたい気分になることもあるんだよ。チカのことを自慢したくて——チカが可愛いのがいけない」

「僕、これが読まれたら恥ずかし、……ん、」

「ほら、この唇も。どうしてこんなに可愛くて、やわらかくて、綺麗《きれい》な色なんだろう」

呟《つぶや》きながら、セザールの口づけは徐々に濃さを増していく。左手でうなじをしっかり掴《つか》まれて、右手では頬や唇、喉を撫《な》でられれば、チカの身体は簡単に熱くなった。

「っぁ、セザール、さま」

「声もだ。甘えるみたいに私を呼ぶのが本当に可愛い。こればかりは文字で伝えられる気がしないよ——もっと聞かせて」

「は、……ぁ、でも、ぁっ……、あ、あっ」

服の上から乳首を探り当てられ、チカはひくりと仰《の》け反《ぞ》った。お茶の時間だと呼びにきてくれたのに、もっと強く抱きしめてほしくて、おずおずと両手を差し伸べる。椅子からすべり落ちるようにして首筋に抱きつき、キスするために口を開ける。

「セザールさま、」

「我慢ができないの？　チカ」

うっとりとセザールが目を細めた。小さく頷《うなず》くと、優しい手が包み込むように頭を撫でた。

「では、協力してくれる？　チカをもっとちゃんと書き表せるように、明るいところで全部見せて」

「……はい、セザール様」

僕なんでもします、と伝えたくて、チカはベルトに手をかけた。

その瞬間、微妙に決まり悪げな声が響いた。

「あー、おほんおほん。取り込み中になったところを失礼するが」

オラーヴォ先生だ。弾《はじ》かれるように顔を上げ、チカは開けっぱなしのドアの戸口で、後ろ向きに立っている老人の姿を見つけてビッと耳を上げた。

「せ、先生……！」

見られた。聞かれた。

こういうのは人前ですることじゃないのに、と思うと顔から火が出そうだったが、身をよじって離れようとすると、なぜかぐいっと引き戻され、チカは何度もまばたきした。

「――セザール、様？」

彼は微妙に不機嫌な表情で、チカを抱いたまま顔だけ振り返る。

「取り込み中だとわかったのでしたら、黙って立ち去ってくれればいいんですよ、先生」

「チカがお茶の時間に遅れると気にしたら可哀想《かわいそう》じゃと思ってな。ゆっくりしなさいと言うつもりだったんじゃよ」

オラーヴォはそう言うと、肩越しにちらりと視線を投げかけた。表情は優しく、もじゃもじゃの眉毛を下げて笑っている。

「皆でお茶にするのはまた明日にしよう。デオダートやほかの読書士にはうまく言っておくから、チカは気にせずセザールの相手をしておあげ」

「でも……先生がせっかく誘ってくださって、もうお茶の用意もできてますよね？」

「べつの読書士を誘えば無駄にはならんよ。それより、セザールがこんなに浮かれているのも人生で初めてだろうからね。幸せそうな二人は見ていて悪い気がせんものじゃ。……だがまあほどほどにな」

　最後はにんまりして顎髭《ひげ》をしごき、オラーヴォはドアを閉めてくれた。セザールはなにごともなかったかのように、頬にキスをしてくる。

「時間もできたことだし、寝台で愛しあおうか」

「――あとで、デオダートにも謝らなくちゃです」

　きっと彼には、否、ほかの読書士にも、チカがどうしてお茶に来ないかすぐにわかってしまうに違いない。赤裸々なセザールの日記がなくても、チカと彼がどれほど愛しあっていて、毎日くっつきあっているか、図書塔で知らない者はいないのだ。セザール様は婚約したらタガが外れたんじゃないか、とからかう読書士までいるほどだった。

　それほど愛されているのは嬉しいが、やっぱりちょっと恥ずかしい。耳の先をもじもじと噛《か》むと、セザールが低くなった声で「チカ」と呼んだ。

「寝台ではほかの男の名前は口にしない約束だ」

「そんな……寝台にはまだ入ってないですよ？」

「キスして愛しあいはじめたのだから同じことだよ。――さあ、もう一回約束もしなくちゃいけないから、おとなしくして」

鼻先に口づけ、セザールはチカの服に手をかける。

「時間をかけて、全身くまなく愛するからね」

そうしたらお茶ができないどころか夕食の時間にも遅刻しそうだと思ったけれど、チカはくすぐったく感じながら頷いた。

「はい、セザール様。――嬉しい、です」

チカだって、セザールの愛情を心と身体で感じられるのがいやなわけがない。

秘密の日記も、また読ませてもらおう――と思いながら、チカは素肌に触れてくる手に目を閉じた。

あとがき

こんにちは、または初めまして。葵居《あおい》ゆゆです。

高い塔の中、壁一面、はるか上まで続く本棚。古い紙とインクの匂い。本を通じて過去から届く、信号みたいなメッセージ。

深い森。生き残りの種族。旧式の機械や歯車。揃いの服で仕事に励む人々。島と海と神話。失われたものとこれから生まれていくもの。

子供の頃から大好きなこうしたイメージをちりばめて、今回は書かせていただきました。いつもたいてい好きなものを詰め込んでお話を作るのですが、いつにもまして好きなものだらけで、どのシーンもとても楽しく書けました。思い描いたイメージがしっかり皆様に伝わって、少しでも面白いと思っていただけると嬉しいです。

キャラクターだけは、どういう組み合わせにするか迷って、一途で純粋なうさぎの獣人（うさぎ獣人が本当に本当に好きなんです……）受と、頭がよく気難しいけれど受にだけ甘い攻、にしてみました。攻が親代わりになって受を育てるパターンも大好きだし、拗らせ攻も大好きです。

二人の恋は見方によっては歪かもしれませんが、どうしても必要な相手だからこそ出会い、惹かれあったのかなと思います。セザール様にとってのチカは救いの天使みたいですよね。一途故にいざとなったら大胆なチカも、溺愛しすぎて日記がおかしなことになっているセザール様も、好きになっていただけますように。

イラストは古澤《ふるさわ》エノ先生に担当していただくことができました！　またぜひご一緒したいと思っていたので、実現できて幸せです。チカはお洋服も耳も、仕草も可愛いですし、セザール様は理想の美形攻すぎてラフからため息が出るほどでした。古澤先生、お忙しい中お引き受けくださってありがとうございました！

的確なアドバイスをくださる担当様も、いつもありがとうございます。校正、印刷、制作、営業、流通、書店など、本書にかかわってくださった皆様にも、この場を借りてお礼申し上げます。

そして読者の皆様。わくわくしたりきゅんとしたり、ムフフとなったりと、世界観や恋愛模様を楽しんでいただけていれば嬉しいです。もしよろしければ、ご感想もお聞かせくださいませ。

最後までお読みいただきありがとうございました。

また次の本でもお会いできますように。

二〇二二年四月　葵居ゆゆ

LYNX ROMANCE

小説原稿募集

リンクスロマンスではオリジナル作品の原稿を随時募集いたします。

募集作品

リンクスロマンスの読者を対象にした商業誌未発表のオリジナル作品。
（商業誌未発表のオリジナル作品であれば、同人誌・サイト発表作も受付可）

募集要項

＜応募資格＞

年齢・性別・プロ・アマ問いません。

＜原稿枚数＞

４５文字×１７行（１枚）の縦書き原稿、２００枚以上２４０枚以内。
※印刷形式は自由。ただしＡ４用紙を使用のこと。
※手書き、感熱紙不可。
※原稿には必ずノンブル（通し番号）を入れてください。

＜応募上の注意＞

◆原稿の１枚目には、作品のタイトル、ペンネーム、住所、氏名、年齢、電話番号、メールアドレス、投稿（掲載）歴を添付してください。
◆２枚目には、作品のあらすじ（４００字～８００字程度）を添付してください。
◆未完の作品（続きものなど）、他誌との二重投稿作品は受付不可です。
◆原稿は返却いたしませんので、必要な方はコピー等の控えをお取りください。
◆１作品につき、ひとつの封筒でご応募ください。

＜採用のお知らせ＞

◆採用の場合のみ、原稿到着後６カ月以内に編集部よりご連絡いたします。
◆優れた作品は、リンクスロマンスより発行させていただきます。
原稿料は、当社既定の印税でのお支払いになります。
◆選考に関するお電話やメールでのお問い合わせはご遠慮ください。

宛先

〒151-0051
東京都渋谷区千駄ヶ谷４−９−７
株式会社　幻冬舎コミックス
「リンクスロマンス　小説原稿募集」係

LYNX ROMANCE

イラストレーター募集

リンクスロマンスでは、イラストレーターを**随時募集**いたします。

リンクスロマンスから任意の作品を選び、作品に合わせた
模写ではないオリジナルのイラスト（下記各1点以上）を描いてご応募ください。
モノクロイラストは、新書の挿絵箇所以外でも構いませんので、
好きなシーンを選んで描いてください。

1 表紙用カラーイラスト

2 モノクロイラスト（人物全身・背景の入ったもの）

3 モノクロイラスト（人物アップ）

4 モノクロイラスト（キス・Hシーン）

募集要項

＜応募資格＞

年齢・性別・プロ・アマ問いません。

＜原稿のサイズおよび形式＞

◆Ａ４またはＢ４サイズの市販の原稿用紙を使用してください。
◆データ原稿の場合は、Photoshop（Ver.5.0 以降）形式でＣＤ－Ｒに保存し、出力見本をつけてご応募ください。

＜応募上の注意＞

◆応募イラストの元としたリンクスロマンスのタイトル、あなたの住所、氏名、ペンネーム、年齢、電話番号、メールアドレス、投稿歴、受賞歴を記載した紙を添付してください（書式自由）。
◆作品返却を希望する場合は、応募封筒の表に「返却希望」と明記し、返却希望先の住所・氏名を記入して返送分の切手を貼った返信用封筒を同封してください。

＜採用のお知らせ＞

◆採用の場合のみ、６カ月以内に編集部よりご連絡いたします。
◆選考に関するお電話やメールでのお問い合わせはご遠慮ください。

宛先

〒151-0051 東京都渋谷区千駄ヶ谷 4－9－7
株式会社　幻冬舎コミックス
「リンクスロマンス　イラストレーター募集」係

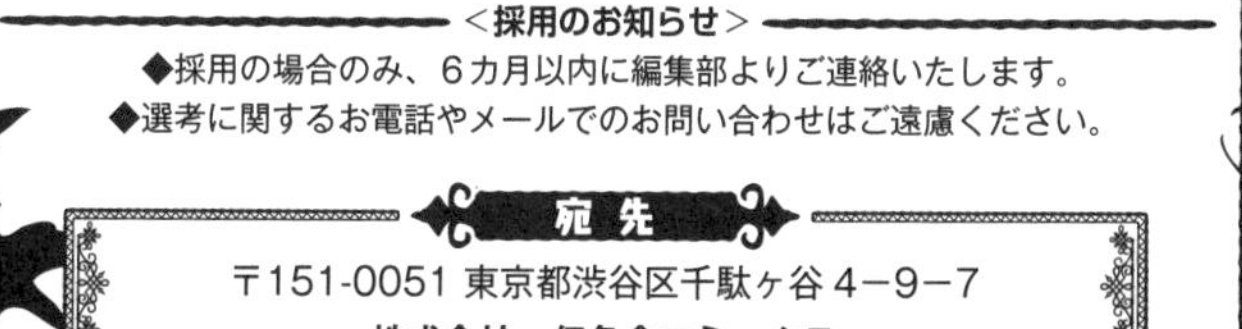

この本を読んでの
ご意見・ご感想を
お寄せ下さい。

〒151-0051
東京都渋谷区千駄ヶ谷4-9-7
(株)幻冬舎コミックス　リンクス編集部
「葵《あお》居《い》ゆゆ先生」係／「古《ふる》澤《さわ》エノ先生」係

リンクス ロマンス

図書塔うさぎの一途な恋

2022年4月30日　第1刷発行

著者……………葵《あお》居《い》ゆゆ
発行人…………石原正康
発行元…………株式会社　幻冬舎コミックス
〒151-0051　東京都渋谷区千駄ヶ谷4-9-7
TEL 03-5411-6431（編集）
発売元…………株式会社　幻冬舎
〒151-0051　東京都渋谷区千駄ヶ谷4-9-7
TEL 03-5411-6222（営業）
振替00120-8-767643
印刷・製本所…株式会社　光邦
検印廃止

ISBN978-4-344-85041-5 C0293
Printed in Japan

幻冬舎コミックスホームページ　https://www.gentosha-comics.net